人妻手記

あなたのアソコはそれほど

～不倫妻たちの告白

竹書房文庫

第一章

あなたのアソコはそれほど

粗チン夫にイヤケがさした私の再会巨根エッチ！……12
投稿者 今村美千代（仮名）／28歳／専業主婦

痴漢の彼の松茸チ○ポを愛でるイケナイ悦び！……18
投稿者 南村香織（仮名）／32歳／OL

不能の社長の巧みな器具責めプレイに翻弄されて！……24
投稿者 有原里佳子（仮名）／36歳／パート

ウォーキング中の私を見舞ったまさかの衝撃快感！……30
投稿者 相川沙月（仮名）／29歳／専業主婦

満月の夜に私を襲った二人がかりの衝撃レイプ快感……37
投稿者 中嶋かおる（仮名）／33歳／パート

マンションの新しい隣人との驚愕エクスタシー体験……43
投稿者 真鍋圭子（仮名）／26歳／パート
華道教室の和の静謐は世にも淫らな嬌声で破られて……49
投稿者 柳原紗栄子（仮名）／36歳／華道師範
女友達のペニバンプレイであえなく昇天してしまった私……55
投稿者 城之内早苗（仮名）／25歳／OL
舅の巨根に激しく貫かれ悶えまくったイケナイ私……61
投稿者 新垣結子（仮名）／30歳／パート
大きいペニスお断り！ ジャストフィットなHを探し求めて……67
投稿者 木崎ゆうか（仮名）／34歳／専業主婦

第二章

感じすぎる不倫妻

初恋の彼との思わぬ再会SEXに結婚生活の苦痛を忘れて……74
投稿者 熊切みさ（仮名）／31歳／専業主婦

冴えない男の思わぬ巨根のトリコになってしまった私……81
投稿者 馬場明日香（仮名）／26歳／パート

正月の誰もいないオフィスで私を襲った狂った欲望の嵐……87
投稿者 宮田弓香（仮名）／24歳／OL

乳酸菌飲料顔負けの濃ゆ～い精液を味わった訪問販売H！……94
投稿者 村川由紀恵（仮名）／34歳／パート

母の再婚相手と淫らにつながってしまった秘密の熱い夜……99
投稿者 坂本真由（仮名）／28歳／アルバイト

イケメン義弟の若々しい肉体を貪った禁断の夏休み！ …… 105
投稿者 桑原今日子（仮名）／30歳／専業主婦

かつてのセフレ上司との激しき別れのエクスタシー！ …… 111
投稿者 青山みやこ（仮名）／33歳／専業主婦

主婦三人で淫らに妖しく絡み合った忘れられない一夜 …… 117
投稿者 倉田愛子（仮名）／27歳／パート

傷心の温泉宿で行きずりの関係に激しく乱れ悶えて！ …… 123
投稿者 清水理恵（仮名）／35歳／専業主婦

夫から若い陸上選手の性欲処理係を命じられた私！ …… 129
投稿者 渡辺あかり（仮名）／34歳／専業主婦

第三章 乱れすぎる不倫妻

同窓会の夜に狂い咲いたまさかの悶絶3Pトラップ！……136
投稿者 舟木佳乃（仮名）／37歳／専業主婦

一人のセールスマンの肉棒を奪い合った主婦二人の貪欲……143
投稿者 長谷川真澄（仮名）／29歳／専業主婦

肉体を賭してクビの危機を脱した私の性なる戦い！……149
投稿者 白井満里奈（仮名）／25歳／契約社員

若く熱い想いを激しく叩きつけられた最後の別れの夜……155
投稿者 水沢希子（仮名）／40歳／自営業

だれでもトイレでのエキサイティングな快感に驚愕！……162
投稿者 岩清水瑠香（仮名）／23歳／販売員

亡き姑の身代わりとなって心痛の舅に身を捧げた私！ …… 168
投稿者 森川明代（仮名）／32歳／専業主婦
コンプレックスだった微乳を愛される女としての悦び！ …… 176
投稿者 八十島君代（仮名）／28歳／パート
なんと四対一！ 集団痴漢の怒濤のエクスタシーに溺れて …… 181
投稿者 湯川春美（仮名）／26歳／OL
まさかのレズビアン枕営業の快楽に淫らに陶酔して！ …… 186
投稿者 中森美香子（仮名）／33歳／保険外交員
夫婦交換エクスタシーで果てしなく淫らに濡れ悶えて！ …… 191
投稿者 木島律子（仮名）／29歳／パート

第四章　悶えすぎる不倫妻

世にも淫らなドロドログチャグチャ料理教室プレイ！……198
投稿者　畑山麻美（仮名）／28歳／料理研究家

愛する兄への積年の想いを遂げた禁断のインモラル快感……204
投稿者　日下部桐子（仮名）／31歳／専業主婦

夫の通夜の席をあられもない快感で淫らに染めあげて……211
投稿者　赤羽由加里（仮名）／33歳／専業主婦

ヒミツの中国四千年エッチで人生最高の昇天を味わって……217
投稿者　島岡千里子（仮名）／26歳／アルバイト

農家の嫁の私がある日見舞われた〝ばい〟の秘密の快感……223
投稿者　長谷村優衣（仮名）／31歳／農業

カイカン美容室プレイで頭もアソコもサッパリすっきり？ …… 230
投稿者 坂下百合香（仮名）／30歳／美容師

映画館の暗闇で集団痴漢の餌食にされてしまった私！ …… 235
投稿者 大橋あき（仮名）／34歳／専業主婦

女子独身寮に妖しく響き渡るオンナ同士の快楽の喘ぎ …… 240
投稿者 牧野しのぶ（仮名）／26歳／看護師

入念な準備の末に味わった初めてのアナル快感の悦び！ …… 245
投稿者 竹野内優香（仮名）／28歳／専業主婦

恥辱の強制オナニーショーからの超快感脅迫エッチ！ …… 250
投稿者 佐々木美和子（仮名）／32歳／パート

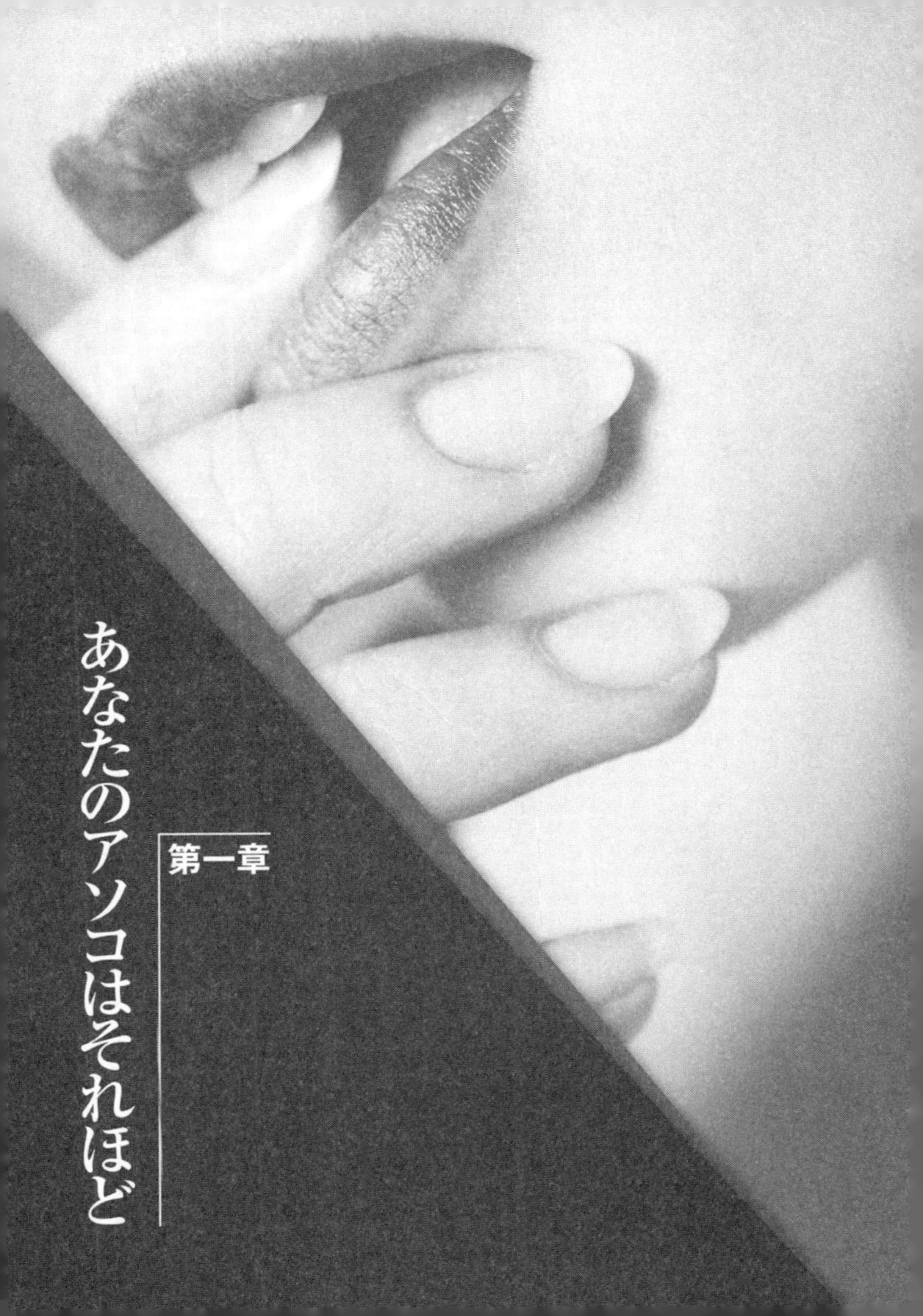

第一章 あなたのアソコはそれほど

■股間に垂れ下がったチ○ポは、だらんとしながらもオオサンショウウオのような迫力……■

粗チン夫にイヤケがさした私の再会巨根エッチ！

投稿者　今村美千代（仮名）／28歳／専業主婦

私は今どき珍しく、お見合いで四つ年上の公務員の夫と結婚しました。

それまでさんざん、顔はいいけどちゃらんぽらんな男とばかりつきあって、痛い目ばかり見てきた私は、とにかく見てくれなんてどうでもいい、真面目で安定した生活を約束してくれる相手と結婚したかったんです。

おかげで、パートに出る必要もなく、余裕のある生活を送れていて、まさに望んだとおりの暮らしを手に入れられたのですが、一つだけ、どうにもガマンできないことが……。

それはズバリ、夫がとんでもない粗チンだということ！

平常時はまあいいとして、なんと勃起した状態でも、長さは十センチ足らず、太さも三センチもないんです。そのくせ、けっこうエッチ好きなもので、週に一～二回はカラダを求めてくるんですが、いくら私の上で腰を振られても、なんか全然気持ちよくなくて……軽めのオナニー程度？　って感じなんです。

なので、〝イク〟なんて感覚はもうここ三年以上、味わっていません。

そんなわけで、悶々とした日々を送っていた私でしたが、ある日買い物に行ったスーパーで思わぬ再会をしてしまったんです。

相手は昔、半年ほどつきあったことのある竜二。例によって相当ちゃらんぽらんなヤツだったけど、今も相変わらず風俗嬢のヒモ兼主夫をやっているということで、夕飯の買い物に来ていたのでした。

でも、そんな相手でも……いえ、そんな相手だからこそ、私は彼のことを見てときめいてしまいました。なぜなら彼は……、
すごい巨根だったから！

確か私の記憶では、勃起時で長さは二十センチほど、太さは五センチ近くもあり、最初のセックスの時はかなりきつくて痛かったけど、だんだん慣れてくると体が馴染み、しばらく彼のチ○ポなしではいられないほどでした。

「久しぶりじゃない！　ねえ、ちょっとお茶でもしようよー」

私は引き気味の彼の腕をとって、グイグイと店外に引っ張っていきました。

「い、いいけど、お堅い公務員の奥さんが、俺なんかと……いいの？」

「いいの、いいの！　さ、行きましょ！」

そして近場のカフェに入ったはいいものの、頼んだラテを全部飲み干すこともなく、私はストレートに彼をホテルに誘っていました。

「ね、お願い、もうあんたのチ○ポのこと思い出すと、居ても立ってもいられなくなっちゃって……」

私は組んだ彼の手に、自慢のHカップの胸をグリグリと押し当てながらオネダリしていました。

「しょ、しょーがないなー……誰かに見られても知らねーぜ？」

「大丈夫、大丈夫！　行こ行こ！」

そして、ついに歩いて十分くらいのところにあるラブホに入ってしまったんです。部屋に入るや否や、私はもう辛抱たまらなくて、竜二と一緒にバスルームに飛び込みました。

彼の裸の股間に垂れ下がったチ○ポは、だらんとしながらもオオサンショウウオのような迫力で、私は思わず泡立てたボディシャンプーをそれに塗りたくって、ヌルヌル、ニュプニュプと洗い、こねくり回していました。すると、見る見るそれはムクムクと大きくなり、身をもたげてきて……。

「ああっ……ふうぅ……」

彼はせつなそうな声をこぼしながら、手を伸ばして私の乳房を揉んできました。さすが、かつては週に三回はエッチを愉しんだ相手、その手の動きは絶妙に私の性感帯のツボを押さえ、乳房の膨らみと乳首の突起にこの上ない快感を送り込んできます。

「はあっ……竜二ぃ、気持ちいいよぉ……」

私は髪を振り乱しながら悶え、負けじとチ○ポをより硬く、より大きくこすり立てていきました。もう爆発せんばかりに、赤黒い亀頭が大きくパンパンに張り詰め、震えています。鈴口からタラ〜リと、ガマン汁が滴ってきました。

「うう、竜二ったらすごい、もうビンビン……」

私は泡をシャワーできれいに洗い流すと、たまらずチ○ポを口に咥え込んでいました。相変わらず、口が張り裂けそうなくらいのデカマラで、その圧迫感が息苦しい反面、これに肉体を貫かれることを想像すると、たまらなく興奮してきてしまうんです。

「ああ、美千代、美千代……」

彼のせつなげな表情を上目遣いに見やりながら、私はどんどんフェラのスピードを上げていき、とうとうジュッポヌッポと、いわゆるバキュームフェラ状態に突入して、彼を責め立てていきました。

「うっ……くふぅっ……！」

とうとう彼はそう一声呻くと、ジュポン……と、チ○ポを私の口から抜き出して、私のカラダをがっしりと掴み、後ろ向きにしてバスタブの縁に手をつかせました。私の一番好きなバックからの体勢です。

「ああ、それじゃあ、そろそろ入れるぜ。準備はいいか？」

竜二が息を喘がせながら私の耳元でそう言い、その魅惑の言葉に全身の血をたぎらせながら、私は答えていました。

「うん、早く……早く竜二の極太のチ○ポ、私のマ○コに入れてぇ……思いっきり奥まで突っ込んでぇ！」

「おう、いくぜ！」

威勢のいい掛け声とともに、待ちに待った圧迫感が私の背後からめり込んできました。太い肉芯がズルズルと私の肉洞の中を行き来して、そのたびに生まれるたまらない快感が、無数の火花となって、私の頭の中で弾けるんです。

「あひっ、ひあぁ……くはぁっ、んあっ……！」

「ううっ、やっぱり美千代のマ○コの締まり具合、もうサイコー！」

「竜二のも最高よ……最高に気持ちいいチ○ポよ～！」

どんどん激しくなる竜二の腰のピストンの反動で、私の胸がタプンタプンと揺れ喘いでいます。我ながらなんてドエロな光景……！

そして、いよいよクライマックスが近づいてきました。快感の波が全身に押し寄せ、ぐんぐん昂ぶってきて……！

「ああっ、は、あう、イク……イッちゃう～……」

「お、俺も……もう、あうっ……くっ！」

その瞬間、私は弾けるようなオーガズムに揺さぶられ、マ〇コで盛大に炸裂する竜二のザーメンの奔流を感じていました。

その後、私たちはお互いの携帯番号を交換し、また近いうちに会うことを約束しました。

これで当分、夫の粗チンにもガマンすることができそうです。

■亀頭の笠が、まるで国産の高級松茸のように大きく立派に張り出していて……

痴漢の彼の松茸チ○ポを愛でるイケナイ悦び！

投稿者 南村香織（仮名）／32歳／OL

毎日のラッシュの通勤電車。

当たり前のようにしょっちゅう痴漢被害に遭っているんですが、そんな中でもいつの間にか〝馴染み〟のような相手ができてしまいました。

彼は年の頃は二十代後半くらいで、私より少し年下な感じ。いつも普通のサラリーマンっぽいスーツ姿ですが、当然一言も話したことはないので、詳しいところはわかりません。

見た目、それなりのイケメンで普通にもてそうな気がするのに、なんでこうしょっちゅう痴漢行為をしてくるのか……ま、人の趣味は好きずき、見た目だけじゃわかりませんけどね。

当初はもちろん、獲物としてロックオンされた私が彼に触られる一方でした。

一番最初の時なんか、びっくりしたなぁ……だって彼ったら、大胆にも私のスカートをたくし上げて、パンティの中に直に手を突っ込んでいじってくるんだもの！　それまで、そこまでやってくる人はいなかったから、びびった反面、チョー興奮しちゃった！

立錐の余地もないギュウ詰めの車内、私の背後にぴったりと体を密着させた彼は、しばらく胸を撫で回したあと、片手を下のほうに下ろしていって、ゴソゴソやっていたかと思うと、私の生マ〇コに触れてきた。

はじめは表面をさすさすと軽いタッチで撫で回し、徐々に押し込む手に力が入っていって、じんわり湿ってきたところでクリちゃんを指先でコリコリ。その瞬間、下半身から電流のような快感が走って、私思わず膝からくずおれそうになっちゃった！　でも、ギュウギュウの周りの乗客の壁のおかげでそうはならず、私はカラダをガクガクさせたまま、それからも彼にされるがまま……さらにクリちゃんを濃厚にこねくり回されたあと、ワレメちゃんに指を突っ込まれ、グチュグチュといじくり回された挙句、必死で声を押し殺しながらイかされちゃったんです。

この時のファーストインパクトがそれはもう強烈だったおかげで、それからは他の痴漢からのアプローチが、もうどうにも物足りなくなっちゃって……いつしか、遠目に彼のことを見つけると、自分から接近していって、痴漢行為をおねだりするような感じになっちゃったんです。

そのうち、私のほうも彼のカラダを触りたくて仕方なくなってきました。

ある日、いつもどおり触ってこようとする彼を制して、私は自分のほうからアプローチを開始しました。

彼は私より頭一つ分背が高いので、向かい合うと私の目線はちょうど彼の鎖骨から胸の辺り。ギュウギュウに密着した中、私は手を上げていきワイシャツの上から彼の乳首の辺りに目星をつけて指先で撫で回しました。

想像以上にたくましく引き締まった胸筋の上、意外に小粒な乳首の感触を感じ取った私は、なんだか無性に嬉しくなってしまい、一心不乱に責め立て始めました。

爪の先でカリカリと掻き、弾くようにして、それと指の腹でやさしく撫で回すのとを交互に繰り出してあげると、見る見る乳首が固くしこってくるのがわかりました。

「あ……ん……っ……」

車内を満たす電車の走行音や人声、車内放送のおかげで周りに聞こえることはありませんが、彼の唇からせつなげな喘ぎ声が漏れ、ますます私の〝痴女〟テンションは上がってしまいました。

と、ちょうど私のおへその辺りに何やら妙な感触が……！

どうやら私の執拗な乳首責めに、彼の下のほうも反応してきてしまったようです。その反応は、どんどん熱く、硬く、大きくなっていき、私のおへそを伝ってマ○コにビンビン響いてくるようで、私のほうもたまらず濡れてくるのがわかりました。でも、今日は私が一方的に彼を責める日と決めています。私は自分のエクスタシーは抑えて、痴女モードを全開にさせていきました。

両手を下のほうに下ろしていき、お互いの体の隙間がない中で、苦労して彼のズボンのベルトをゆるめ、チャックを下げると、ぴったりしたボクサーパンツの上から、その布地を突き破らんばかりに昂ぶっているチ○ポを、鷲掴むようにして揉みしだいてあげました。もう普通に撫でるだけじゃあ彼も物足りないだろうと思ったからです。

「あっ……く、くうぅ……っ……」

彼の喘ぎがさらにせつなさを増しました。同時に、彼の両手が思いっきり強く私のお尻を握り締めてきます。うん、これもまた悪くない感じ。

私のほうももうパンツ越しじゃあガマンできなくなって、内側に手を突っ込んで生チ○ポを握っていました。

それは、太さ、長さこそ夫より少し劣るくらいでしたが、私がハッとしたのはその形状でした。

亀頭の笠が、まるで国産の高級松茸のように大きく立派に張り出していて、あまりメリハリのない夫のものと比べると、明らかに絶大な引っ掛かりを感じさせるものだったからです。

（ああ、こんなのでアソコを掻き回されたら……！）

そう思っただけでものすごく興奮してしまい、その亀頭のくびれを集中的にこねくり回し、しごき立てていました。今や先端から滲み出したガマン汁が全体に広がり、私が手を動かすたびにヌチョグチョと卑猥な音がするんです。

「うっ、うう……くうっ……」

見上げると、彼は眉間にしわを寄せて快感に悶えていて、もうかなり切羽詰まってきていることがわかりました。私はここぞとばかりにさらに手淫行為をエスカレートさせました。ヌルヌル、グチュグチュ、ズリュズリュ……すると、

「はう……くふぅ、んんっ……！」

必死に押し殺した喘ぎ声とともに、彼は私の手の中でチ○ポを爆発させていました。大量の白濁液が私の手を濡らし、それと同時に私のほうも軽いオーガズムを覚えていました。

これを機に、私は彼のチ○ポに触れることがお気に入りになってしまい、今日は触

る日、明日は触られる日、はたまた明後日はお触りし合う日……というふうに、バリエーションをつけながら、日々愉しむようになったんです。

でも、今はまだあくまで〝痴漢パートナー〟の関係でおさまっていますが、いつかあの魅惑の松茸チ○ポを、マ○コで直に味わいたくなっちゃうかも……と、イケナイ誘惑に戦々恐々な私なんです。

■生まれて初めて味わう機械的快感に、思わず驚きの混じった、甘い喘ぎが漏れてしまい……■

不能の社長の巧みな器具責めプレイに翻弄されて！

投稿者 有原里佳子（仮名）／36歳／パート

私はネジや歯車などの金属部品を造っている小さな町工場で事務のパートをしているのですが、そこの社長と不倫しています。いえ、正確に言うと不倫とはいえないかもしれません。なにしろ、社長は不能なのですから……。

最初、関係を求めてきたのは、もちろん社長からでした。

でも、その誘い文句がまずこうでした。

「有原さん、僕インポなんだけど、つきあってもらえないかなあ？　おこづかいあげるからさ」

え、インポでつきあうって、どういう……？

私は疑問に思いましたが、夫の会社も業績が悪く昨今は給料が下がる一方ということもあって、おこづかいがもらえて家計を助けられるならと、社長の申し出を受け入れることにしました。

一番最初の逢い引きの日、私たちは隣り町のホテルで落ち合って、部屋に入りました。すると社長は何やら大きめのバッグを持っています。普段、そういうものを持ち歩かない人なので、ちょっと不思議に思いました。

社長は今、五十八歳なのですが、三年前に奥様を病気で亡くされてから、その精神的ダメージもあって、アレが勃つこともなくなってしまったのだといいます。

「でも、最近になって新しい愉しみを見つけてね。毎日、有原くんの顔を見ているうちに、どうしてもその愉しみを君と一緒に味わいたくなっちゃってね」

と言って、社長が例の大きめのバッグをガサゴソやって取り出してきたのは、なんと大小さまざまなバイブレーターだったんです。

「僕の友人にもインポの奴がいるんだけど、そいつからこういうのを使った愉しみ方を教えてもらってね、すっかり病みつきになっちゃったってわけさ」

社長は中から中くらいのサイズの鮮やかな紫色のバイブを手にとりながら、いやらしくも生き生きとした表情でそう言いました。

私はそれまで、いわゆるこういう〝大人のオモチャ〟類を一度も使ったことがなかったので、痛くないかな、硬くないかな……と、ちょっと不安でしたが、ここまで来てしまったからには、もう社長に身を任せようと思いました。

シャワーで汗を流した私は、社長が待ち受けるベッドへと向かいました。

「おお、ふっくらと肉がついて、なんともいえず色っぽいカラダだ……僕が想像してたとおりだ。ステキだよ」

社長はトランクス一丁の姿でそう言うと、私をベッドに横たえ、まず乳首をネロネロと舐めてきました。大きなナメクジがのたくるような感触が先端からジワジワとしみ込んできて、なんともいえずいい気持ちになってきました。

「こうやって最初に湿らしておくと、よりいいんだ」

社長はそう言って、あとしばらく乳首をねぶり続けたあと、両手に小ぶりのピンク色のローターを捧げ持って、近づけてきました。それはヴーン……と小刻みに振動していました。

「さあ、始めるよ」

社長の合図とともに、左右の乳首に同時に二つのローターが触れてきて、途端に甘い振動が流れ込んできました。

「あひ……ひうっ……」

生まれて初めて味わう機械的快感に、思わず驚きの混じった、甘い喘ぎが漏れてしまいます。

「どうだい？　男の指とはまた違ったよさだろ？　ほら、強弱も自由自在だ」

興が乗ってきた社長は巧みに二つのローターの振動の強弱と動きを操って、ますますメリハリのある快感を私の肉体に送り込んできます。

「あん……いいですぅ……こんなの初めてぇ……」

「そうだろう、そうだろう。じゃあ、今度はこれをこうして……」

何をするのだろうと、快感にボーっとする頭で見ていると、社長は振動するローターを粘着テープで私の両方の乳首に貼り付けてきたんです。そして続けて、バッグの中から少し細身のバイブを取り出してくると、それを自分のつばでたっぷりと濡らしたあと、なんと私のアナルにねじ入れてきたんです。

「あ……そ、そんな……！　いやっ……」

「大丈夫、大丈夫。すぐに気持ちよくなるから」

私の抵抗の声をいなすようにそう応える社長。

そして、それは本当でした。

乳首を責めるローターの振動と、アナルから伝わってくるバイブの振動が、私の体内でうねって、響いて、蠢いて……もつれ合うように呼応し合って、えも言われぬエクスタシーをもたらしてきたんです。

「あうぅ……すごい、な、なんか……おかしくなっちゃいそうですぅ」

「ふふふ、だろ？　そしてさらにこれをこうして……」

社長はさっきの紫色の中くらいのバイブのスイッチを入れ、ヴインヴインと動かしながら、今度はそれを私のアソコに、クリトリスに触れさせてきました。

「あひゃあっ……んああっ、あああっ！」

その電撃のような快感に、私はたまらず身をのけ反らせて大きく喘いでしまいました。まさに目の前に火花が散るような衝撃です。

「あん、あん、はぁ、はぁあああっ……」

「はぁ、はぁ、はぁ、はぁ……」

私の喘ぎがどんどんエスカレートするのに合わせて社長の息も荒く激しくなっていき、さらに新しいバイブが取り出されました。

今度のは真っ赤で、紫のよりさらに大きなものでした。

紫でクリトリスを弄びながら、同時に赤が私の肉襞をえぐってきたんです！

「あひっ……ああっ、こ、こんなの……だめぇ～っ！」

「ん？　本当にだめなのかい？　なら、やめちゃおうか？」

「……い、いやっ、やめないでぇ……ああんっ！」

私はもう、社長の繰り出す責めに翻弄されっぱなしで、我を忘れて悶えまくってしまいました。

「ああ、ヨガりまくる君の顔……本当に素敵だよぉ……」

社長の興奮もMAXに達してきたようで、クリトリスと肉襞を責める動きも一段と激しくなって……乳房のローターと、アナルのバイブと……合わせて五本の淫具がもたらす快感の大きなうねりが襲いかかり、私もついに、

「あああっ、イク、イク……あああああ～～～っ！」

ひときわ壮絶な喘ぎ声を発して絶頂に達していました。

それ以来、社長に器具責めしてもらうことを、心待ちにするようになってしまった私なのです。

■ただでさえ肉太の圧迫感に、まるで別の生き物が蠢いているような異物感が……

ウォーキング中の私を見舞ったまさかの衝撃快感！

投稿者　相川沙月（仮名）／29歳／専業主婦

朝、主人を会社に送り出したあと、八時から一時間くらいのウォーキングを日課にしています。理由はもちろん、ダイエット！

昔はけっこうほっそりしていた上に、出るところは出ていて、自分でもなかなかのナイス・プロモーションとうぬぼれるくらいだったんですが、結婚して専業主婦に収まってからこっち、まだ子供も産んでないのに、あっという間に太ってしまって……そうだなぁ……女性芸能人でいうと、お笑いトリオの森○中の黒○かずこくらいの体形でしょうか……。

主人は「こんなの詐欺だ」って言って、最近は私の体に触れてくれようともしない有様で、いや、これはなんとかしなければばって必死なわけです。

そんなある日のウォーキング中のことでした。

私はいつもどおりハーフパンツにタンクトップという格好で、定番コースである近所の公園の中を、ザッザッ、と手足を一生懸命振りつつ歩いていたんですが、よく下を見ていなかったせいで、けっこうな太さの木の枝を踏んでしまい、その瞬間、グギッと足首に激痛が！　妙なひねり方をしてしまい、歩くことができなくなり、その場にしゃがみこんでしまったんです。

（ああ、やっちゃったぁ……）

と、痛む足首を押さえながら途方に暮れていた私だったのですが、その時、一人の男性が声をかけてきたんです。

「大丈夫ですか？　手、貸しましょうか？」

見上げると、どうやら私と同年代くらいで、やはりウォーキング中だったと思われるスポーティな軽装の男性でした。しかも、なかなかのイケメン……。

「はあ、すみません……それじゃあ、あそこのベンチまで……」

私は彼のお言葉に甘えて、痛む足を庇いつつ、体を支えてもらいながら、一番近くにあった植込みの陰に隠れるように設置されているベンチに座ることができました。

「ああ、ご親切にどうもありがとうございます、助かりました」

「いえいえ、よかったら、僕、こんなのも持ってるんで……」

と、彼がウエストポーチから取り出してきたのは湿布薬でした。

これはありがたいと、私が受け取ろうとすると、彼は、

「自分じゃ貼りにくいでしょ？　僕が貼ってあげますよ」

と言って、私のむき身のふくらはぎに手を添えて、やさしく傷めた足首に湿布薬を貼ってくれました。心地いい冷たさが患部に染み込んできて、私は思わず軽い呻き声を出してしまいました。

「あ、ああ……ど、どうもありがとうございます。何から何まで……」

私はお礼を言ったのですが、彼は湿布薬を貼り終わっても私のふくらはぎから手を離そうとはせず、その下のあまりくびれのない足首を愛でるように撫で回しながら、私に笑みを向けてきました。そして……、

「ああ、このもっちりとした素敵なカラダ……たまらない。ずっと、もうずっとあなたのこと、見てました……」

とウットリとした口調で言い、手を太腿のほうに上げてきながら、私の首筋に唇を寄せてきたんです！

「ええっ……ちょ、ちょっと、な、何して……!?」

「ああ、僕、あなたのようなポチャカワな女性が大好きで……毎日ウォーキングをしながら、いつかあなたと近づきになりたい、あなたに触れたい……そう思ってたんで

す！　それが今日、ついに……ほんと、ラッキーだ！」

い、いや、そんな勝手な……と、私は突然の思わぬ告白にうろたえながらも、一方で、主人に詐欺呼ばわりされている自分のカラダを、こんなイケメンに絶賛される喜びに、ちょっと浮足立ってしまいました。

「ね、お願いです。ここは死角になっていて、ほぼまわりの誰からも見えないし……ね、ちょっとだけ……僕にあなたのその素敵なカラダ、愛させてもらえませんか？」

とか言いながら、彼はすでに舌を私の首筋に這わせ、むっちり太腿を撫で回していきます。いくら死角になっているとはいえ、陽光がさんさんと降り注ぐ公園で初対面の男性にこんなことされてるなんて……その非常識な興奮が陶酔となって私の全身を包んでいき、えも言われぬ快感に変わっていきました。

「あん、んん……はぁっ……」

「ああ、嬉しい、応えてくれるんですね？　この素晴らしいカラダを僕に愛させてくれるんですね？」

彼は本当に嬉しそうにそう言うと、私のタンクトップをたくし上げて、Ｇカップのオッパイを剝き出しにして、ムニュムニュと揉みしだきながら大きな乳輪を、そして大粒の乳首をレロレロと舐め回し、チュウチュウと吸い上げてきました。

「あふぅ……ひぃ、ああん……」

「ああ、美味しい……あなたの芳醇な脂の甘みと、かぐわしい汗のしょっぱさが絶妙にマリアージュして……最高のごちそうですぅ！」

もうなんだかよくわからない褒め言葉のシャワーを浴びせられ、ハーフパンツの裾脇から滑り込んだ手で股間をキュウキュウと揉まれて、もうすっかり私の性感は高まり、グジョグジョに濡れたアソコはいつでも準備OK状態になっていました。

「はぁはぁはぁ……ああ、僕のももう痛いくらいに突っ張って……ガマンできなくなってきちゃいました。ねえ、入れても……いいですか？」

「ああん……え、ここで……入れちゃうんですか？　そんな……」

彼の問いかけに、一応そう言って躊躇感を出した私でしたが、ホンネは、

（早く、早くぶっ込んで！）

でした。まあ、そこはお約束ということで。

彼はそんな私の心の声をちゃんと聞き取ったかのように、逆になんの躊躇もなくスウエットパンツを下ろして、ペニスを振りかざしました。

「……っ⁉」

私は目を見開いて驚いてしまいました。

そのペニスの竿の部分には妙なボコボコがいくつか浮き上がって……そう、なんと真珠が埋め込まれていたんです！

もちろん、初めて目にしたのですが、ということは、この礼儀正しい（?）イケメンの彼、そっち系の人ということなんでしょうか？

私の目に一瞬宿った恐れの光を敏感に感じ取ったのでしょう、彼は、

「大丈夫、これは若気の至りでやっちゃったことで……今はあなたと同じカタギの勤め人ですから。怖がらないで」

と、やさしく微笑んできました。

私はようやく安心して頷き返すと、自らハーフパンツと下着を脱いで、彼を迎え入れようとしました。

真珠入りのオチン○ン……不安な反面、いったいどんな入れ心地なのか、たまらなく楽しみになってしまっていたんです。

そして、グプププ……と入ってきました。

すると、ゴリゴリが……ゴリゴリが……そ、そんな……！

ただでさえ肉太の圧迫感に、まるで別の生き物が蠢いているような異物感が合わさって、今まで体験したことのないインパクトに満ちた快感が、私の胎内をえぐり突い

てきたのです！

「はっ……ひぃ！　くふあぁっ、あひ……ぬはぁあっ……！」

自分でもかつて聞いたことのない異常な喘ぎが喉から飛び出し、二度、三度……と、繰り返し繰り返し、イッてしまいました。

「ああ、いい……最高の締まり具合だ……ああっ、うぐっ！」

彼もついにフィニッシュを迎え、私の胎内にびっくりするくらい大量の精液を注ぎ込んで果てました。

「どうもありがとうございました。足首、気をつけて歩いてくださいね」

私はかつてない性的満足感に浸りながら、礼儀正しくそう言って爽やかに立ち去っていく彼の後ろ姿を見送りました。

朝の公園でのまさかの真珠体験……なんとも驚きの出会いでしたね。

■男の手でふさがれた口から洩れる喘ぎも、苦悶を帯びたものから、甘ったるい響きに……

満月の夜に私を襲った二人がかりの衝撃レイプ快感

投稿者　中嶋かおる（仮名）／33歳／パート

その予兆は、少し前からありました。

私は家計の一助にと、某ファミレスチェーンでウェイトレスのパートをしているのですが、私の仕事上がりの夜十時ちょっと前くらいに来る、二人連れの男性の常連のお客さんがいます。

二人とも、だいたい年の頃は三十代半ばくらいでしょうか。

忙しく立ち働いている中、ふと何か嫌な視線に気づくと、必ず彼らが、コーヒーを飲みながら舐めるような目で、私のことを見つめているんです。もう、毎日、毎日。

でも、それ以上のことをするわけではないので店長に訴えるわけにもいかず、まあいっか、ということで極力気にしないようにしていました。

が、それがまさかあんなことになってしまうなんて……。

その日私は、同僚の急な病欠によって、店長に頼み込まれる形で時間を延長して、夜の十一時まで働かされるはめになりました。

金曜の夜ということもあってすごく忙しくて、仕事を上がった時にはもう疲労困憊でした。私服に着替えて店を出た私は、もう一秒でも早く家に帰りたい一心で、近道を使うことにしました。

それは今はもう使われていない工場跡の敷地内を突っ切って帰るコースで、ここを通れば、普通二十分かかるのが十分ちょっとで済むのです。そこは夜ともなればまったく人通りもなくてなかなか怖く、滅多なことでは通らないのですが、この日ばかりは背に腹は代えられませんでした。

その工場跡に向かいながら、ふと、そういえば今日はあの気持ち悪い二人連れ、来なかったな、と思い出しましたが、それもほんの一瞬のことでした。

時刻は十一時半過ぎ。早く、早く……私は急く気持ちを抑えながら、急ぎ足で工場跡の敷地内に足を踏み入れました。

と、一番大きな建物の角を曲がった瞬間でした。

いきなり前後から人影が現れて、私は逃げる間もなく、挟み撃ちされる格好で捕まってしまったのです。

「ひ……っ！」

声を上げようとしたのですが、大きくて分厚い手で口をふさがれてしまい、そのまま力ずくでズルズルと建物内にひきずり込まれてしまいました。

（こ、殺される……！）

私はあまりの恐怖に、必死で手足をばたつかせて拘束から逃れようとしましたが、明らかに大の男二人の力にかかっては、もういかんともしがたく、地べたに押さえ込まれてしまったのです。

建物内には、天井の裂け目から満月の光が差し込み、そこでようやく私は彼らの姿を確認することができました。

二人ともラフな服装で、顔は目出し帽で覆われていてわかりませんが、でも、その体型と雰囲気はどう考えても……あのお店の常連の二人連れでした。

「はぁはぁはぁ……逆らっても無駄だぜ、おとなしく言うとおりにすれば痛い思いはさせないから……な？」

太り気味のほうがそう言いましたが、私はなおも最後の抵抗を試みようと身をもがかせました。しかし、思い切り頬を平手でぶたれ、そのジンジンする痛みに、とうとう完全に戦意喪失してしまいました。

「そうそう、イイ子だ」

「ああ、やっぱいい胸してる。大きくて柔らかくて……ううっ、たまんねっ！」

彼らは口々にそう言いながら、私の体に群がってきました。二人がかりでまたたく間に裸に剝かれてしまいました。

痩せ気味のほうが荒々しく乳房を揉みしだき、強く啜り上げるように乳首を吸ってきます。それははっきり言って激痛でした。私は身をよじらせてその痛みから逃れようとしたのですが……それが不思議なんです。

あんなに痛かったのが、だんだん気持ちよく感じられてきてしまって。

下半身のほうでは、太り気味のほうが私の両脚を左右に大きく開かせて、股間に顔を埋めてアソコを舐めしゃぶっています。こちらも最初は苦痛だけだったのが、だんだん痺れるような甘い感覚に変わってきて……。

「んんっ、んぐぅ……」

男の手でふさがれた口から洩れる喘ぎも、苦悶を帯びたものから、甘ったるい響きのものに変わっていきます。

「はふ、はふ……ふはぁ、乳首ビンビン！　あんたも感じてきてるんじゃね？」

「ふあ……こっちだって、汁でびちょびちょになってきたぜ！　やっぱ人妻はエロいなあ、くふぅ……！」

彼らは口々に私を煽り立て、ますます無理強い愛撫をエスカレートさせていきます。

「ああっ、もうガマンできなくなってきた！　おれ、入れちゃうから、おまえは上の口使わせてもらえよ」

「ええっ？　ちぇっ、ちゃんとあとでおれにも入れさせろよ」

「わかってるって！」

そしてついに、身勝手な会話のあとに、私のアソコに太り気味のほうの極太ペニスがこじ入れられてきました。ヌぷヌぷヌぷ……とめり込むそれは、否応もなく荒々しい快感を注ぎ入れてきます。

「くはぁ……ひっ……！」

「おっと、上の口はこれでふさがせてもらうぜ」

私の喘ぎは、痩せ気味のほうのペニスを口に突っ込まれて途切れてしまいました。

体型どおりに細身の肉棒でしたが、その分長く、私は喉奥を突かれ、ぅぐぅぐとえづきながらも、体の奥底からせり上がってくる陶酔感に侵されてしまったのです。

「ああ、締まる……オマ〇コ締まるぅ……！」

「ううっ、口マ〇コもいいぜェ……はあぁ……」

無理やりレイプされているというのに、彼らに口々に女として称賛されているようで、私は不本意ながら、がぜん興奮してきてしまいました。本当は、ただの肉人形扱いされているだけなのに……。

と、太り気味のペニスのピストンが突然勢いを増し、フィニッシュに達しかかっているのが察せられました。

「ふぐぅ……も、もうダメ……出る！」

アソコの中で爆発が起こり、ドクドクと流入感を感じながら、私もほぼ同時にイッてしまっていました。

「ほらほら、今度はおれだぜ！」

すかさず痩せ気味のほうが場所を代わって挿入してきて、続けざまに私はイキ、二杯目の精液を飲み下すことになりました。

なんていうのでしょう……こんなに興奮した経験は生まれて初めてでした。

数日後、お店にまた例の二人組が平然とやってきました。

相変わらず絡みつくような視線を向けてきます。

彼らがあの犯人だという証拠はありませんが、まあまずまちがいなく……。

私と彼らの間の空気感が、なんだか親密なものに変わったような気がしています。

■その熱く淫靡な動きにクリトリスと性器の表面を刺激されるうちに、ジュクジュクと……

マンションの新しい隣人との驚愕エクスタシー体験

投稿者　真鍋圭子（仮名）／26歳／パート

空いていたマンションの隣りの部屋に、新しくご夫婦が引っ越してきました。引っ越し作業の翌日にはうちにご挨拶に来てくれて、とっても感じのいい若い夫婦という感じでした。

それで、あっという間に奥さんのほうと仲良くなって、頻繁にお互いの家を行き来するようになりました。

奥さんはマリアさんといって、歳は二十五歳。百七十センチというすらりとした長身の美人で、まるでモデル並みの存在感……身長は百五十センチちょっとで若干ポッチャリという、今いち冴えない私にとって、あっという間にあこがれの人となり、その美容法やおしゃれテクニックなんかを教えてほしくて、もっぱら私のほうから接近していったというところです。

そんな中、青天の霹靂という感じで私の夫の浮気が発覚しました。

大恋愛の末に結ばれたこともあって、心から夫のことを信じていた私としては、もう大大大ショック！

若い部下のＯＬに言い寄られてつい魔がさして……と言って土下座して謝る夫に対して、私は、もう絶対に離婚よ！　と半狂乱でまくしたてて、……とりあえずちょっとほとぼりをさまそうということで、しばらく夫が家を出て別々に暮らすことになりました。

すると、一人寂しく葛藤し、思い悩む私のことを心配して、マリアさんが毎日のように訪ねてきてくれました。私の好きなお菓子を手作りしてきてくれたり、これ面白いよと言ってコメディ映画のＤＶＤを持ってきてくれたり……彼女の思いやりが嬉しくて、本当に涙が出る思いでした。

夫との別居が始まって、二週間が過ぎました。

でも、まだ私は夫のことを許す気持ちにはなれませんでした。

だけど、女の生理というのは不思議なものです。

夫を許せない反面、夫に愛してもらえない欲求不満が日々溜まってきてしまって……ある日の昼下がり、私はネット通販で手に入れたバイブレーターを取り出して、居間のソファに寝そべってオナニーをしていました。

ヴィンヴィンヴィン……妖しい振動とうねりに身を任せて、高まってくる快感がもたらす陶酔にうっとりしていた、ちょうどその時でした。

玄関のチャイムが鳴り、マリアさんが訪ねてきたんです！

一瞬、居留守を使おうかと思ったのですが、やはり、いつも何かと思いやってくれる彼女に対して、それははばかられて……私は慌ててオナニーを中断し、バイブをソファの上のクッションの下に突っ込んで、彼女を招き入れたのです。

しばらく何食わぬ顔で、マリアさんとのお茶と会話に興じていた私だったのですが、ふと彼女の顔に怪訝な表情が浮かんだのに気がつきました。

私は（あっ）と思いました。

なんと、クッションの下からバイブが顔を覗かせていたのです。しかもそれは私の愛液でテラテラと濡れていて、ついさっきまで使っていたのは明らかです。

「あ、あの、こ、これは……！」

しどろもどろになりながら、必死でバイブを覆い隠そうとした私でしたが、マリアさんはなぜだか妙に淫靡な笑みを浮かべながら、それを押しとどめて言いました。

「大丈夫よ、そんなに慌てなくても。わかるわ、こんなにほっとかれたんじゃ、カラダも飢えちゃうよね？　でも、そんなオモチャじゃ物足りないんじゃない？」

そして、ソファの私の隣りに座ってきて、体をまさぐりながら、首筋に舌を這わせてきたんです！　まさかのレズプレイ？

「い、いや、あの、私、そういう趣味は……」

そう言って彼女を押しのけようとした私に対して、

「ふふ、ほら、ちょっとこれ触ってみて」

彼女はますますエロい笑みを浮かべてそう言い、私の手をとってロングスカート越しに自分の股間を触らせたんです。

「………！」

私は心臓が止まるかと思うくらいビックリしました。

なんとそこには、ふつう女性の体には絶対にない感触が存在したんです！

そんな私に、彼女は説明してくれました。

「あのね、うちって同性婚……まあ厳密にいうと、自治体からパートナーとして認定されてる、男同士のカップルなの。今まで黙っててごめんね。でも、こういうのって、世の中的にはまだまだ偏見や誤解があるから、よほど信用できる相手にしか言わないことにしてるんだ」

マリアさんに〝信用できる相手〟と言われて、ちょっと嬉しかったですが、でも、だからと言ってこの状況っていったい……？

「私、いつもは完全な〝受け〟なんだけど、今日は大好きな圭子さんのために、男としてがんばってみるわ！　こう見えても、アレ自体は私、けっこう大きいのよ」

え、え、え……と思っているうちに、私は手際よく服を脱がされていき、あっという間に全裸にされてしまいました。

そして、マリアさんも自ら服を脱いだのですが……彼女の言葉に偽りはありませんでした。

彼女の裸の胸には膨らみはなく（詰め物をしていたのです）、その股間からは、それはもう見事なイチモツが、天を突かんばかりにそそり立っていたのです。

彼女は私に覆いかぶさると、まずはそのイチモツを、私のワレメにこすりつけ始めました。その熱く淫靡な動きにクリトリスと性器の表面を刺激されるうちに、ジュクジュクと愛液が溢れ出してきて、私はもう入れてほしくて入れてほしくてたまらなくなってきてしまいました。

「ああっ……マリアさん、ほしい……私、ほしいのォ……」

「ああ、わかったわ、圭子さん……オチン○ン、入れるね！　ふふ、なんだかもうすごい久しぶりだから、私もめちゃくちゃ興奮しちゃってる」

そう言って彼女が挿入してきたイチモツは、はっきり言って夫とは比べものにならないほどの大きさと力強さで、その律動は信じられないほどの快感を、私の子宮の奥まで送り込んできました。

「ああっ、すごい、こんなの……ああ、あああん～っ！」

「はあぁ……私もすごい久しぶりだから、なんだかチョー感じちゃう……うう！」

挿入してほんの三分足らずで、私たち双方、フィニッシュしてしまいました。

「圭子さん、そろそろダンナさん、許してあげなさいよ？　まあ、いつでも私のことをバイブ代わりに使ってもらってもいいけどね！」

彼女に、心身共に癒された私なのでした。

■脱ぎ散らかされた色鮮やかな着物を敷物にして、私と彼は全裸で抱き合い、まぐあい……

華道教室の和の静謐は世にも淫らな嬌声で破られて

投稿者　柳原紗栄子（仮名）／36歳／華道師範

私の母がある華道の流派の家元だったこともあり、私も小さな頃からその教えと指導を受け、師範の資格を得るに至りました。

跡継ぎは私の兄ということに決まっていましたので、私は普通のサラリーマン男性と結婚し、彼について県外に出て、そこで暮らすことになったのですが、何もしないのも暇すぎますし、かといってちょうどよいパート仕事等もなかったので、おもにご近所の奥様方を対象に、自宅でこじんまりと華道教室を開くことにしました。

おかげさまで教え方がいいと評判がよく、あと、ちょっと手前味噌で恐縮なのですが、〝美人華道師範〟ということで、たくさんの生徒さんに来ていただいています。

そんな中に、珍しく一人だけ男性の生徒さんがいらっしゃいました。

影山さん（三十四歳）といって、昨今ありがちですが自宅でデイトレーダーの仕事をしており、お金も暇もあるということで、酔狂にも私の教室に通ってきてくださっているのでした。

ある日のことです。

いつもどおり、私は和服姿で生徒さんたちの生け花の指導にあたり、教室もほぼ終わりの時間を迎えようとしていました。

「はい、それじゃあ、いよいよ作品展も近いことですし、皆さん、がんばっていきましょうね」

と私は言って、お開きにしようとしたのですが、その時、影山さんが、

「先生、すみません。自分の今回の作品の生け方でどうしても納得のいかないところがあって……少しだけでいいので、居残り指導をお願いできないでしょうか？」

と、言い出したのです。

他の生徒さんの手前、ちょっと迷いましたが、今日は夫も遅いと言っていたので、家事の段取りにも余裕があり、了承しました。

あと、正直言うと、彼のことをけっこう気に入っていたので（もちろん、一人の異性として）、初めて二人きりになるというシチュエーションへの期待が、いくばくかあったのも否定できません。

「すみません、わがまま言いまして。それで、ここなんですけど……」

他の生徒さんたちがすべて帰ってしまうと、がらんとした八畳の和室で、私と彼の個人授業が始まり、彼は熱心に指導を仰いできました。

私はそれに受け答えしながら、

（あ、影山さん、今まで他の女性の生徒さんたちの強烈な香水臭に押されて気がつかなかったけど、なんともいえずセクシーで爽やかな香りがする……）

などと、なんとも場違いなことを思ったりしていました。

そして、いったんそんなふうなことを考え始めると、次々に彼の魅力的な部分を意識するようになりました。

細いだけかと思ってたら、意外に筋肉質でたくましいのね……

まじまじと見ると、けっこうまつげが長くて色っぽいわ……

部屋に響き渡るこの低音ボイスのトーン、セクシーだわ……

……と、ふと我に返ると、彼のほうもじっと私のことを見つめているのに気がつきました。

その一瞬、私は彼のまっすぐで潤んだ瞳に射すくめられ、時間がとまったかのように感じられました。そして、

「紗栄子先生……っ！」

一声そう発した影山さんの手で、私は畳の上に押し倒されてしまったのです。

「ああ、紗栄子先生……僕、もうずっと前から先生のことが……っ！」

彼は息を荒げながらそう言い、私の和服の襟元に手をこじ入れぐいぐいと押し広げ、覗いた胸の谷間に顔を埋めて貪るようにしてきました。

「あ、影山さん、な、何を……っ？　だめです、こんなこと……っ！」

「先生、僕もうガマンできないんです！　先生のことが欲しくて欲しくて……」

とりあえず抵抗の意を示した私でしたが、その実、彼にくみしだかれ、荒々しく体中をまさぐられていると、全身が火照り、芯の部分が昂ぶってくるのをどうにも否定のしようがありませんでした。

（ああ、どうしよう……私のほうも彼のことを欲しがってるんだわ……）

自らの肉体の反応に、もうそう認めるしかありませんでした。

そうこうするうち、力ずくで帯を解かれ、私はしどけなく和服を脱がせはだけられてしまいました。

それまできつく締められていたゆえに、白い肌に赤く残った跡に彼が唇を這わせると、痺れるような甘い感覚が肌上を走りました。

「あ、あああ……っ」

「ああ、きれいだ、先生、たまらなくきれいだよ……！」

彼はそう言いながら私の濃いピンク色の乳首をねっとりと舐めしゃぶり、そうされると、ますます上気した乳首の赤味と白い肌のコントラストが際立つようです。

「先生のアソコ、いっぱい舐めたい……」

彼は下のほうに舌を這わせ、ヌメヌメと唾液の航跡を残しながら、私の下腹部に達しました。そして、電気が走るような衝撃がほとばしって……！

「あひ、んふっ、ひあああぁぁぁ……」

彼の舌でいやらしい肉割れをこじられ、ぬめった肉ビラをえぐり舐め回された私は、喜悦の悲鳴を上げながら、悶絶してしまいました。

「ああ、先生、美味しいよ、先生のココ、とっても美味しい……」

彼はそう言い、私のアソコに顔を埋めたまま器用に服を脱ぎ、いよいよ自らの肉茎を取り出し、私の眼前に見せつけました。それは形も色つやもよく、大輪の花のように大きく笠が開いた亀頭を持つ、私が今まで見たなかで最高に美しい〝逸品〟といえるものでした。

「ああ、あなたの……とってもすばらしいわ……」

「ありがとうございます……じゃあ先生のこの美しい器に、僕の花を生けさせてもらいますね」

畳の上、脱ぎ散らかされた色鮮やかな着物を敷物にして、私と彼は全裸で抱き合い、まぐあい……彼の逸品を受け入れた私は、嬌声を上げながら、世にも淫らな肉の花器と化しました。

「あ、ああ、あああ……んあっ、ふあああっ……」

「ああ、先生、先生……あううぅっ！」

その瞬間、彼は間一髪で肉茎を引き抜き、外で射精してくれました。

私は絶頂の余韻に浸りながら、着物の鮮やかな絹糸の図柄を汚した、そのねっとりとした残滓をただ、ぼーっと見つめていたのでした。

■カズミは黒々と光り、屹立した男性器を模した物体のついたバンドを自らの腰に巻き……

女友達のペニバンプレイであえなく昇天してしまった私

投稿者　城之内早苗（仮名）／25歳／OL

うちのダンナ、まだ二十八歳だというのに、ＥＤ（勃起不全）になっちゃったんです。

病院で診てもらったんだけど、会社で新しい部署に異動したことや、その他のストレスのせいで精神的なものだろうということで、しばらく様子を見ましょうというお医者さんの診断でした。

言い方を代えれば、今のところはっきりとした治療法はなく、お手上げって感じでしょうか。

姑からは早く孫の顔を見せろってうるさく言われてる昨今だっていうのに、ダンナはまさかの役立たず状態……なんていう間の悪さ！　まあ子づくり云々はおいとくとしても、これじゃあエッチ大好きの私としては、大大大欲求不満です。

私は思わずそんな愚痴を、仲のいい同僚のカズミにぶつけてしまいました。

すると、カズミからは思わぬ反応が。

「ふ〜ん、そうなんだ〜……そりゃ気の毒ねぇ。他ならぬ親友のサナエのため、アタシが一肌脱いじゃおうかな〜」

「……は？　それってどういう……」

「ふふ、文字どおり裸になるっていうことよ」

そう言われても、さっぱり意味のわからない私でしたが、彼女に言われるままに、その日の終業後、ダンナには残業で遅くなるって言って、彼女の一人暮らしのマンションにお邪魔することになりました。

彼女が出してくれたワインを舐めながら、ポワンと少し気分がよくなってきたところで、彼女がおもむろに切り出しました。

「あのね、今まで黙ってたけど、実はアタシ、バイセク（シャル）なんだ。つまり、男も女もイケるってこと」

「え、ええ？　そんなの聞いてないんですけど……」

「だから、今まで黙ってたって言ったじゃない！」

「そ、それでそれがどうかしたの……？」

「どうもこうも、そのバイセクの、対オンナのほうの経験を活かして、今日はサナエの欲求不満を鎮めてあげようっていうんじゃない！」

「え、私の……？」

「そう。本当はアタシ、サナエのこと、前から好きだったたし……サナエが悦んでくれるんなら、一生懸命がんばっちゃうよ！」

「え、あ、あの、あ……」

もう、問答無用でした。

カズミは私に口づけしてくると、にゅるりと舌を差し込んできて、れろれろと口内を舐め回し、私の舌にねろねろと絡みつけてきました。

「んふ……ぐぅ……」

ただでさえワインでほろ酔い気分の私は、その濃厚な愛撫でますますカラダが火照ってきて、全身がじんじんと痺れたようになってしまいました。

「ふはぁ……サナエの舌、とっても美味しいわぁ……ふふ、この大きなオッパイも舐めちゃうね」

そう言って、カズミは私のニットを頭から脱がすと、ブラジャーも剝ぎ取ってしまい、ぷるんとこぼれ出たFカップの乳房に吸いつき、乳首を舐め回すようにしてきました。いやらしいピンク色の突起がびんびんに反応してしまいます。

「あひゃぁ……はひ、ううん……」

「う～ん、最高の舐め心地よ～……さあ、今度は下のほうにいっちゃうよ！」

カズミの舌はよどみなくおへそからお腹、そして下腹部のほうへと移動していき、巧みにスカートと下着を脱がせると、にゅぷりと私の淫らなぬかるみに舌を沈めてきました。

「あ！　ああっ……はうぅ……」

絶妙の強弱で掻き回してくる、その巧みな舌使いに、私はもう、身をのけ反らせて感じまくってしまいます。

「はぁはぁはぁ……ああん、カズミぃ、私もうたまんなぁい……」

「うふふ、まかせなさいって！」

もう恥も外聞もなく次の展開をおねだりする私に向かって、そう言ってにやりと笑うと、彼女は妙なものを取り出してきました。

「これ知ってる？　ペニバン……正式名称は『ペニスバンド』ね。さあ、これをこうして……と」

カズミは自分も服を脱いで全裸になると、そのペニバンという代物……黒々と光り、屹立した男性器を模した物体のついたバンドを自らの腰に巻き、装着しました。そし

て、それを私の口に押しつけると、

「ほら、たっぷり舐めて……これが今からサナエのオマ○コの中に入るのよ」

ああ、これが、この太くて長くて硬いのが、私の中に入ってくる……そう思うと、がぜん昂ぶってきてしまい、私は一心不乱にカズミの股間から突き出した黒いペニス状の物体に舌を這わせ、唾液をたっぷりと絡ませながら舐めしゃぶりました。

「ふふ、そうそう、とってもスケベでいい表情だわ……それじゃあ、いよいよご褒美をあげましょうねぇ……」

カズミはそう言うとおもむろに立ち上がり、私を仰向けに寝かせるとその身を覆いかぶせ、腰を突き出して私の唾液でびしょ濡れになった疑似ペニスをアソコに突き入れてきました。

「あひ……あああ、くはぁぁ……いいっ、カズミ、これとってもいいっ！」

「うふふ、でしょ？　アタシ、こうやって今までどれだけたくさんの女を鳴かしてきたか……ほらっ、ほらっ！」

感じ悶える私の目に、乳房を激しく揺らしながら腰を突き出すカズミの姿が映って……それはもうなんとも言えず不可思議な快感状態でした。

ああ、ダンナとするのよりいいかも……？

私はそんなことを思いながら、クライマックスに向かってどんどん高まっていきました。カズミの腰の律動もますます早くなっていって、そして……！

「あっ、イク……イク、イッちゃうぅ～っ！」

とうとう絶頂に達してしまいました。

「ああ、ペニスバンドって、とってもいいのね」

ぐったりと横たわった私がそう言うと、

「ば～か、アタシの使い方がいいのよ！」

と、カズミが笑いながら言いました。

とにかく大満足！

ダンナのＥＤが癒えるまで、彼女のお世話になろうと思います。

やっぱり、持つべきものは友達ですね！

■舅は勃起した巨根を私の胸の谷間に押しつけると、ヌルヌルと擦り立ててきて……

舅の巨根に激しく貫かれ悶えまくったイケナイ私

投稿者　新垣結子（仮名）／30歳／パート

田舎に住んでいる舅ですが、東京の大学に通っていたということで、その同窓会に出席するために上京、うちに一晩泊めてほしいということになりました。

実は私、前から舅の絡みつくような視線がちょっと苦手だったのですが、まあ、主人もいることですし心配することもないだろうと了承しました。

ところが、その当日になって主人に急な出張が入り、私は一人で舅を出迎えねばならなくなってしまいました。不安でしたが、今更断るわけにもいきません。

夜の十一時頃、同窓会ですっかり酔っぱらった舅を私は自宅で出迎えたのでした。

「すまんね、結子さん、迷惑かけちゃって。はい、これお土産」

お酒臭い息をぷんぷんさせた舅から、田舎名産のお菓子を手渡されました。

「あ、お気遣い、ありがとうございます」

そう言いながらも、私は早く舅に寝てほしくて仕方ありませんでした。

すると、その思いがまるで伝わったかのように、

「ああ、今日は酔っぱらったし疲れたし、もう寝るよ。結子さん、お休みなさい」

と言って、舅は私が整えた床に就き、いびきを立てながら寝入ってしまったのです。

私はほっと一安心しながら、夜中の十二時過ぎにお風呂に入ることにしました。

その日はけっこう暑かったのもあって、私は汗を流すべくボディシャンプーで念入りに体を洗っていました。

と、その時です、浴室の扉が急に開けられたのは！

「ひっ……！」

驚いて見上げると、なんと舅が裸で仁王立ちしていたのです。

「お、お義父さん、い、いったい何を……⁉」

私は必死に両手で体を隠すようにして叫びましたが、舅はなんの怯む様子も見せず、ずいずいと中に入ってきました。

舅は今、六十一歳なのですが、初めて見るその裸の体は、その年齢を感じさせない筋肉質でたくましいもので、さらに、股間にぶら下がった一物は見事なまでの大きさで、私は思わず息を呑んでしまいました。

そして思ったのです。

なんで息子はあんなに小さいのに、父親はこんなに大きいの？

そう、父と息子は顔だちは似ているものの、ペニスの大きさはまさに〝月とスッポン〟ほどの違いがあったのです。

そんな私の一瞬の固まりを舅は見逃さず、こう言ってきました。

「ああ、やっぱりアイツじゃ満足してなかったんだね？　俺はもちろん、息子のチ〇ポの大きさは知ってる。なんで自分の巨根の血を受け継がなかったんだろうと不憫に思ったものだ。だからずっと、結子さんに対して申し訳なく感じてたんだよ」

舅は果たして酔っているのでしょうか？

いいえ、とてもそうは思えませんでした。

その証拠に、私の裸身を見ながら、一物は見る見る大きくなっていき、びっくりするほどの迫力で勃起してしまったのです。

「お義父さん、冗談はやめてください……真一さんに言いますよ！」

「冗談なものか。これは父親としての責任だよ。妻を満足させてやれない息子に代わって、結子さんを可愛がってあげたいんだ……」

とうとう私は、舅の太い腕によって抱きすくめられてしまいました。

日に焼けて浅黒い筋肉の圧力に、私の白い肌が、白い乳房がぐにゃりとへしゃげてしまいます。

「ああ、なんて柔らかいカラダなんだ……こんな魅力的なカラダを満足させてあげられないなんて、結子さん、本当にごめんよ……」

「お義父さん、私、そんなこと思ってな……っ！」

「結子さんっ……！」

もう何をどう言っても舅には通じませんでした。

舅は勃起した巨根を私の胸の谷間に押しつけると、ボディシャンプーの泡を利用してヌルヌルと擦り立ててきました。太い血管の脈打つそれが乳房の肌上を行き来し、時折乳首をニュルンと弾くたびに、否定しがたい甘い電流がカラダを走り抜けました。

「あ、ああ……んひっ……！」

「ほら、すごいだろう、このチ○ポ？　真一のとは大違いだろう？　ん？　ん？」

もう、私の理性も限界でした。

確かに本音は、主人とのセックスにこれまで満足したことなどなかったのです。

もっと太く、もっと長く、もっと硬いのが欲しい……私の肉体は昔から飢え続けていたのです。

「ああ、すごい……すごいです……このチ○ポ、私にください！」

私はとうとう、そう叫んでいました。

それは女としての、魂の底からの叫びでした。

「おう、よしよし、不肖の息子で今まで本当にすまなかったねぇ……父親として責任をもって、当たらせてもらうよ」

舅は心底申し訳なさそうにそう言うと、軽々と私の体を裏返して浴槽の縁に両手をつかせると、お尻を高く上げさせて一物を後ろから突き入れてきました。

それは、生まれてこのかた味わったことのない、圧倒的な力感でした。

私の膣道を押し広げるようにズイズイと侵入してきたソレは、まるで内臓を引きずり出すような勢いで深く、激しく抜き差しされ、私は声も枯れんばかりの喜悦の悲鳴を上げて感じまくってしまいます。

「あひっ、ひぃ、んはあぁぁぁっ……！」

「おうおう、よく締まるよ、結子さん……真一にはもったいないマ〇コだ！」

「ああ、お義父さん、お義父さん……ああっ！」

「ううっ……ゆ、結子さ……んっ！」

その瞬間、一物がぐっとさらに大きく膨らんだかと思うと、爆発的な迫力で弾け、胎内に大量のほとばしりが放出されるのがわかりました。

「ああっ、イク〜〜〜〜ッ！」

私も最高の快感のうちに絶頂に達していました。

翌朝、舅は何事もなかったかのように朗らかに話し、私の作った朝ごはんを美味しそうに食べて、颯爽と田舎に帰っていきました。

あの行為が果たして酔った上でのものなのか、それとも確信犯なのか……結局、私にはなんとも判断がつきませんでした。

でも、この日以降、舅との一夜の思い出をオカズに、気がつくとオナニーしてしまっている私がいるのです。

■小ぶりの肉棒が私の肉壺にジャストフィットし、これ以上ない密着感で脈動して……

大きいペニスお断り！ ジャストフィットなHを探し求めて

投稿者　木崎ゆうか（仮名）／34歳／専業主婦

私の夫はアレが大きくて、勃起すると長さが十八センチ、太さが五センチにもなり、それはもうすごい迫力です。

私はそれが、イヤでイヤで仕方ありません。

前はそうでもなかったんです。というか、むしろ大好物で、アレが小さい男は男として認めてなかったくらいです。

そんなわけで、年収とかルックスとか性格とかいろいろありますが、私が夫と結婚した大きな理由の一つに、まちがいなくアレが大きいことがありました。

ところが、あることをきっかけに、そんな私の嗜好が百八十度変わってしまったのです。

三年前、私はある婦人科系の病気にかかりました。千人に一人くらいといわれる珍しい病気で、幸い命を脅かすようなものではなかったのですが、治療のためにけっこうなお金と時間を費やすことになりました。

そしてどうにか昨年、おかげさまで完治し、治療期間中禁止されていたセックスも解禁され、ずっとガマンさせていた夫と二人、喜び勇んで一年半ぶりにベッドインしたのですが……なんと、例の大きな夫のアレが、もう苦痛で苦痛でしょうがなく……最後までいけなかったのです。

久しぶりだから慣れるまで仕方ないよね、と夫も言ってくれて、徐々に慣らそうということで、地道に取り組んでいったのですが……結局半年経ってもダメで、とうとう夫も私を求めてくることがなくなってしまいました。

例の病気の後遺症かと思って、担当だった女医先生に聞いてみたのですが、そんな話は聞いたことがないといって、おそらくは私の個人的体質のものだろうと、有効な解決策を得ることはできませんでした。

そしてそのうち、夫は愛人を作り外でセックスをするようになったのですが、私はそのことを責めることはできませんでした。

全部、夫の大きなモノを受け入れることができない私が悪いんだ。

そうやって自分を責める私でしたが、一方で、不思議なことに性欲はあるのです。

夫が私に触れてくれなくなった中、私は悶々とするカラダを自分の指で慰めるのですが、これなら平気でした。物足りなさを感じることもなく、とても気持ちよくて、何度も何度もイクことができるのです。

ようやくわかってきました。

私の体は男性のペニス自体を拒絶しているのではなく、〝大きな〟ペニスを拒絶しているのだと。

私はネット通販で、こっそりといろいろなサイズのバイブ類を注文し、自分のアソコに一番フィットするサイズを探り始めました。

そして得られた結論。

今の私のアソコにちょうどよくフィットし、一番気持ちよくさせてくれるペニスのサイズは……勃起時で長さ十センチ、太さ二・五センチ。

そう、なんと夫の約半分。これでは、いくらがんばっても夫のモノが痛いはずです。

私は意を決して、出会い系やナンパなど、さまざまな手段を駆使してセックスの相手を物色し始めました。おかしなものですよね。昔の私だったら男として決して認めず、〝粗チン〟扱いしていたペニスを持つ相手を必死で探し求めるなんて……。でも、それだけ、私はセックスがしたくてしたくて、たまらなかったのです。

そして、ついに条件にピッタリ当てはまる男性と出会うことができました。

Tさんといって、三十八歳のガテン系の男性でした。

おかしなもので、彼は仕事柄、すごくたくましい体つきをしているのですが、相反してペニスは小さくて、そのギャップで相手にがっかりされるのがイヤで女性とつきあうことができず、大きなコンプレックスだったのだといいます。

だから、私のような相手に出逢えて、本当に嬉しいと言ってくれました。

私だって、こちらこそ！　です。

初めての逢瀬は、それはもう感動的でした。

ホテルで二人全裸で向き合い、立ったままお互いの肉体をまさぐりあいました。

彼のいかつい肩、分厚い胸板、きれいに割れた腹筋、引き締まった下腹、太い太腿、そして……小さなペニス！　ああ、これよ、これ！　私はもうずっとこれが欲しくて仕方なかったのよ！　私は溢れ出す喜びに満たされました。

彼の前にひざまずいて、愛おしげにペニスを撫で回しながら、チュッチュッとキスし、ぱくりと小さな亀頭を咥えると、レロレロと縁の部分を舐め回しました。そのまさらに大きく口を開けると、玉の袋まで一緒に呑み込めてしまいました。竿と玉を一緒くたにして、グッチョグッチョと口内で吸い立ててあげると、彼はとてもせつなげな声を上げてヨガリ、竿はムクムクと大きくなっていって……。

でも、いっぱいいっぱいに勃起しても、長さ十センチ、太さ二・五センチです。

私はずっと探し求めたその理想のサイズのペニスをさらに舐め上げ、吸い立て……

彼のほうも私を求め、お互いに体勢を調整してシックスナインで性器を貪り合いました。私のアソコもたまらなく濡れてきてしまいました。

「はぁはぁ……もう限界だ。入れてもいい？」

「ああん……うん、入れてちょうだい！」

お互いの昂ぶりのタイミングが最高に合った瞬間、彼のペニスが私の中に入ってきました。そして、ゆっくりと前後に動き出します。

「ああっ、ああ、ああん……！」

同じサイズを、血の通わないバイブで試したことはあるけど、やはり生身のペニスは最高でした。小ぶりの肉棒が私の肉壺にジャストフィットし、これ以上ない密着感で脈動して快感を送り込んでくるのです。

「はひぃ……サイコー……小さいオチ○ポ、サイコー！」

私は我を忘れて喘ぎながら、彼のたくましい背中に爪を立て、硬いお尻に両脚を巻きつけて締め上げました。

「もっと……もっともっと突いてぇ！」

「ああ、ゆうかさん……っ！」

彼のピストンもどんどん速く、激しくなり、膣内では限界まで達したペニスの膨張感が感じられます。

「はうぅ……もう、もうダメだ……イキますっ！」

「ああ、きて、きて……あひぃぃぃっ！」

私は子宮にたっぷりと彼の精液を浴びながら、本当に久しぶりに心から満足できるオーガズムを味わっていました。

こんな私ですが、あなたもつきあってくれませんか？

ただし、大きいペニスの人はお断りですよ！

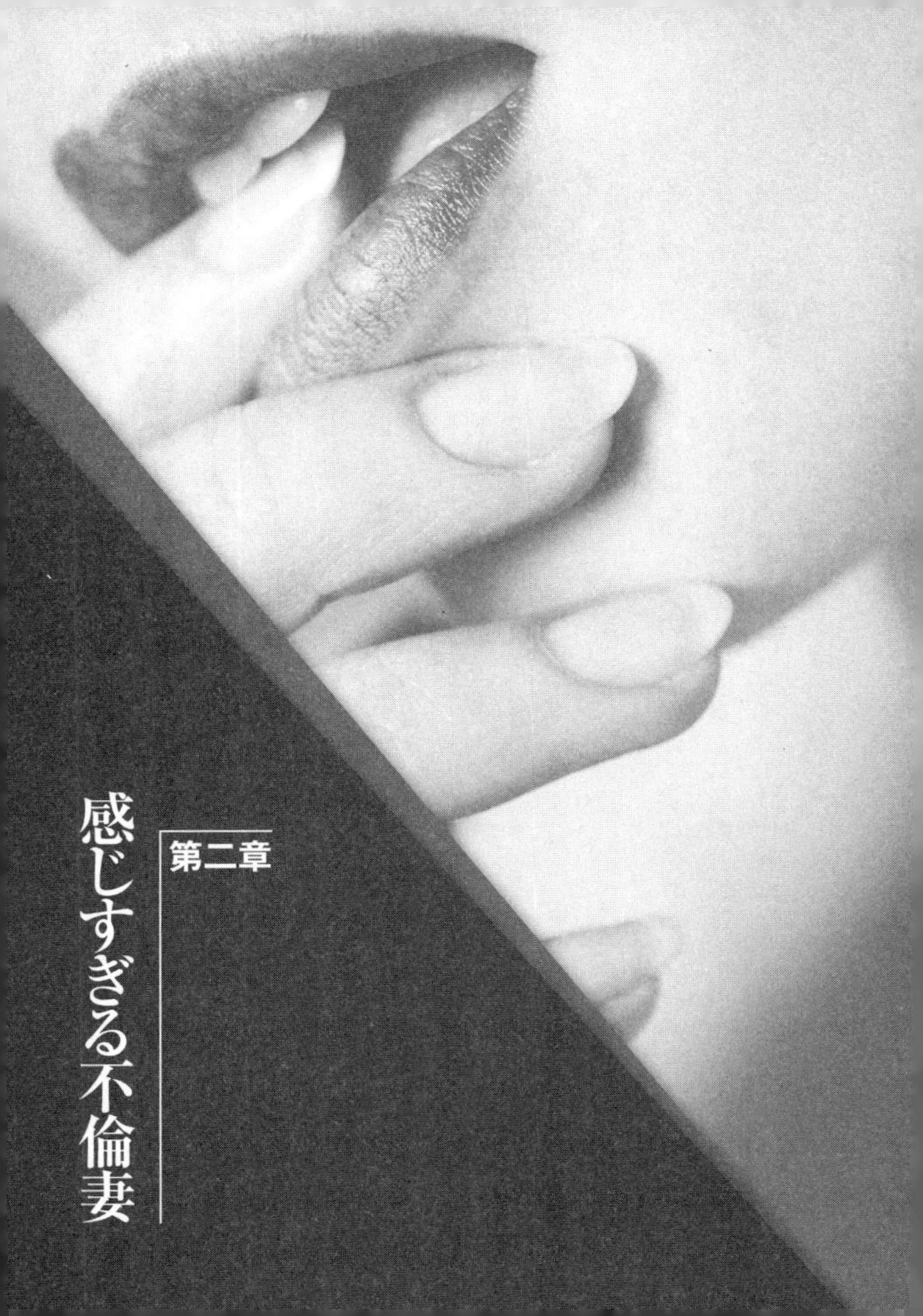

第二章

感じすぎる不倫妻

■啜り、舐め上げてあげるたびに私の口の中でビクビクとその肉身を震わせるペニス……

初恋の彼との思わぬ再会SEXに結婚生活の苦痛を忘れて

投稿者 熊切みさ（仮名）／31歳／専業主婦

こんなことってあるでしょうか。

大好きだった初恋の彼と、まさかあんな形で再会するなんて……。

その日、私は朝から落ち込んでいました。

前の晩に夫の浮気が判明したのですが、夫ときたら謝るどころか、

「おまえがつまらない女なのが悪いんだろーが！」

と、まさかの逆ギレ。

そのまま家を飛び出してしまったんです。

〝つまらない女〟……それはセックスの時の私が、夫にされるがままの『マグロ女』なのを指して言った侮蔑の言葉なのですが、私から言わせればその原因は夫にあります。彼は、妻は夫に奉仕して当たり前というチョー時代遅れな考えで凝り固まっていて、セックスの時いつも、私を性奴隷のように扱おうとするんです。私、それがもう

イヤでイヤで。そんな反発心から、何もする気がなくなってしまうんです。夫がもっと愛情をもって接してくれれば、私だって喜んで自分から色んなことをしてあげたいと思うことでしょう。

（は〜〜〜……）

深いため息をつきながら洗い物をしていると、アパートの玄関のチャイムが鳴りました。今は午前十時。こんな早い時間に誰だろうといぶかしみながら、私は玄関に向かいました。

「はーい、どちら様ですかー？」

ドアの内側からそう声をかけると、

「お忙しいところ大変失礼します。私、○○コーポレーションの森と申しまして……」

健康食品のセールスマンでした。

興味ないんで、と門前払いをくわせようとした私でしたが、その一瞬頭の中で、『森』という名前と今聞いた声がある記憶を呼び起こし、慌ててドアの覗き穴から相手の顔を確認していました。

やっぱり！　それはまちがいなく私の高校の頃の初恋の人だったのです。卒業以来会ってはいませんが、十三年が経った今でも、そのやさしげな面影はあまり変わっていませんでした。

「えっ、あの……同じクラスだった木村（私の旧姓です）？　マジで？」

居間に招き入れて事情を話すと、ほんの少しの間のあと、彼も私のことを思い出してくれました。もちろん、私の完全な片想いだったので、あくまで一クラスメートとしてですが……。

二時間近くも思い出話に花を咲かせ、その間、私にとっては夢のようなひと時でしたが、とうとう彼は腰を上げにかかりました。

「あ、ごめんね、俺もうそろそろ仕事に戻らないと……」

そう言ってソファから立ち上がり玄関に向かおうとする彼の背中に向かって、私は思わずしがみつき、こう口走っていました。

「いやっ……行かないで、森くん……ずっと、ずっと好きだったの！」

「き、木村……？」

「ううん、みさって呼んで！　思いっきり抱きしめてっ！」

あの頃とちっとも変わらない彼のやさしい魅力に触れるうちに、今自分が置かれている不毛な結婚生活への不満と悲しみが爆発し、そんな言動に走ってしまったのです。

もうどうにも自分を止めることができませんでした。

「きむ……いや、みさ……ほ、本当にいいのか、こんなことして？　俺だって本当はおまえのこと好きだったたから、もう、止められなくなっちゃうよ……」

それは嬉しい驚きでした。

彼も私のことが好きだったなんて！

でも、今となってはその想いを成就させることは不可能です。

その代わり、この一瞬、この一度だけでいい……彼とメチャメチャに愛し合いたい！

私はそんな狂おしいまでの想いに突き動かされ、正面から彼に抱き着き、そのスーツを脱がせながら激しく口づけしました。

舌と舌を絡ませ吸い合い、お互いの口腔内を舐め回し、二人の唾液が混じり合ってダラダラと顎から首筋、鎖骨のほうへと滴り落ちていきます。

彼も私のニットをむしり取るように脱がし、ブラジャーごと鷲掴みにして乳房を揉みしだいてきました。

「ああ、みさ、こんな胸大きかったんだ……白くて柔らかくて、まるでマシュマロみたいだ……ううっ、た、たまんねぇっ！」

そして感極まったようにそう呻くと、ブラを剝ぎ取って直接乳房にむしゃぶりついてきました。私のビンビンに硬く尖っている乳首を吸い、ねぶり回し、もうおかしくなってしまいそうな快感が私の体内に流れ込んできました。

「んひぃっ、あふぅ……ああん、森くん、感じるぅ……」

私は喜悦によがりながらも、彼のズボンのベルトを外し、ボクサーパンツの中でパンパンに張り詰めているペニスを布越しに激しくこすり立て、その勃起具合が限界に達したあたりを見計らってパンツを引き下ろし、ひざまずいてブルンッと奮い立った肉棒を口に含んでいました。啜り、舐め上げてあげるたびに私の口の中でビクビクとその肉身を震わせるペニス……もう愛しくて愛しくて仕方ありませんでした。あの拷問のような夫とのセックスでは絶対に味わえない感覚です。

「あうぅ、みさ……おまえのも舐めさせて……」

彼はそう言って私の身をソファに横たえさせると、下半身を剝いて股間に顔を突っ込み、アソコをこれでもかと口戯で可愛がってくれました。

「ああん、森くん……いいっ、いいのぉっ！」

私のソコはドロドロに蕩けきってしまい、さらなる刺激を求めてヒクヒクと肉ビラを蠢かせています。

「くう、もう、もうきてぇ……！」

私は彼の頭を両手で摑んで上半身を引き上げ、本番をおねだりしていました。彼のいきり立ったペニスがヌルヌルと私のアソコの前面でぬめり、電撃のような刺激が走り抜けます。そしていよいよ、待ちに待った熱く硬い肉塊が私の中にズブリと入り込んできました。

「ああ、あああ、ああああああ～っ！」

そのあまりの快感にケダモノのような雄叫びが喉からほとばしり、私は彼の腰にきつく両脚を巻きつけて、もっともっとと求めてしまっていたのです。

「ううっく……みさの中、とっても熱くて絡みついてくる……」

彼の腰のピストンもどんどん性急さを増していきました。ペニスも私の中でますます大きく膨張していくようです。

「ああっ、森くん、森くん……私もう、イキそう……」

「はあっ、俺も……ううっ、くふぅっ……！」

「あんっ、イク……イクゥ……ッ！」

私は彼の大量の熱いほとばしりを胎内で受け止めながら、爆発するような絶頂に達していました。

「とにかく元気そうでよかったよ。また機会があったら会おうな」

「うん……今日は本当にありがとうね」

私はさまざまな想いを込めて、森くんの後ろ姿を見送りました。

夫との不毛な関係がいつまで続くかはわかりませんが、この森くんとの素晴らしい思い出があれば、あとしばらくはがまんできそうな気がします。果たしてその先は、どうなってしまうか定かではありませんが……。

■亀頭部分はさらに力強く大きく張り出していて、まさに巨大な〝きのこの山〟状態……

冴えない男の思わぬ巨根のトリコになってしまった私

投稿者　馬場明日香（仮名）／26歳／パート

私が勤めているスーパーに、食肉売り場の主任を務めているKさんという冴えないアラフォー男性がいます。

今の仕事に就けているのは、なんでも社長の遠縁だからという話で、とにかく仕事もぱっとしないし、小男で見栄えもよくないしで、ちょっと前にテレビをにぎわせた某女性国会議員みたいに、「このハゲーッ！」ってよく店長に怒鳴られているような人なんです。

もちろん独身で、これまで何度かお見合いもしたということですが、いずれも女性のほうから断られてしまったということでした。

と、こんなふうにいいところが何一つない男性のように周囲からは見られていますが、私は密かにそんな彼のすばらしい部分を身をもって知っています。

巨根、そして精力絶倫。

ことの起こりは、ある月の給料日を間近にした水曜日。

その月はもう本当にうちの家計が苦しくて、でもそんな時に限ってその日は夫の誕生日だったんです。

愛する夫の誕生日に美味しいお肉でも食べさせてあげたいけど、とてもじゃないけどそんな金銭的余裕はない……そんな、まさに指でもくわえるような気持ちで売り場に並んだ高級牛肉を凝視していると、突然、Kさんが声をかけてきたんです。

「馬場さん、よかったら僕がうまいこと融通してあげようか？」

「えっ？」

Kさんは私の雰囲気だけで状況をほぼ見抜いてしまったようで、売り場主任の特別権限で、お肉を半値以下の六十パーセント引きで買えるようにしてくれるというんです。そのお値段なら、充分夫に食べさせてあげることができます。

「そんな……本当にいいんですか？」

「うん。その代わり、僕にちょっとつきあってもらえればね」

Kさんは以前から密かに私のことを気に入っていたようで、エッチ相手になることを交換条件にしてきたんです。

さすがに一瞬躊躇しましたが、Kさんが男として冴えない存在であることが、逆に私にある種の安心感を抱かせました。きっと女性経験も少ないだろうし、私が都合よくリードしてイカせちゃえば、楽勝で片付けられるんじゃない？

そう判断して、彼の交換条件を受け入れることにしたんです。

午後三時になって私の上がり時間になると、Kさんも休憩時間をとって、私たちは彼の車で隣り町にあるラブホに向かいました。

私が先にシャワーを浴びていると、いきなりKさんが浴室に入ってきました。

「ふふ、ごめんね。なんだかもうがまんできなくなっちゃって。それに僕、浴室でヤルのが大好きなんだ。後始末もラクでいいじゃない？」

そりゃまあそうだけど……とまどい気味な私でしたが、全裸の彼の股間を見た瞬間、そのあまりの衝撃的インパクトに、すべてが吹っ飛んでしまいました。

がまんできない、と言ったその言葉どおり、Kさんのオチン○ンはすでに勃起していたのですが、その大きさときたら……！

長さは優に二十センチ以上あり、竿の太さも極太で、直径五センチは下りません。

しかも、亀頭部分はさらに力強く大きく張り出していて、まさに巨大な〝きのこの山〟状態です。

「ふふ、やっぱりびっくりしてる？　今までも皆そうだったけど、まさか僕のがこんなに凄いなんて誰も思いもしないみたいで、目が点になるんだよね」

Kさんは笑いながらそう言うと、ボディシャンプーの泡まみれになった私のほうに歩み寄り、体を密着させてきました。勃起したオチン〇ンが私のおへそのあたりに当たるような形になり、泡まみれの大蛇がのたくるような感じで、泡の白さと亀頭の少し黒ずんだピンク色のコントラストが、なんとも言えず妖しく刺激的です。

Kさんは腰を微妙に動かしてオチン〇ンを私にぬめりつけながら、両手で乳房を撫で回し、揉み込んできました。その愛撫テクはびっくりするほど絶妙で、おへそのところのオチン〇ンから注ぎ込まれる刺激と乳房・乳首への甘い責めが合わさって、うっとりするような快感が私の全身を包み込んでいきました。

「あ……はぁん……」

「ああ、やっぱり期待どおりの素敵なカラダだ……このしっとりと吸いつくようなきめ細かな肌、柔らかくて弾力のあるオッパイ……最高だよ」

Kさんはそうやって、愛撫のみならず言葉で興奮を盛り上げるテクも抜群で、もう私の性感の高まりはうなぎ上りでした。

「ああ、Kさん……お願い、このオチン〇ン、舐めさせて……」

私は思わずそう言うと、Kさんの返事を待つことなくその場にひざまずき、泡を洗い流してオチン〇ンを咥え込んでいました。経験不足な彼を自分都合でリードするところか、すっかりその巨根とテクに翻弄されるままにテンションを昂ぶらせ、無意識にそんな行動に走ってしまったんです。

「はふぅ……んじゅぷ、ぐぷぅ、はぬぷぅ……んぐふぅ……」

彼の亀頭を口いっぱいに頬張り呑み込み、その先端が喉の奥につっかえてむせながらも、私はフェラに没頭してしまいました。もう完全に彼の巨根のトリコ状態です。

「はぁぁ……いいよぉ、馬場さん……気持ちいい……最高のフェラだ」

しばらくそう言って快感に浸っていたKさんでしたが、やおら私の両脇を持って立ち上がらせると、後ろを向かせてバスタブに両手をつかせました。

「さあ、それじゃあそろそろ入らせてもらうよ。準備は……覚悟はいい？」

「はあ、はあ、はあ……いいわ、早く……早く入れてぇ」

私が期待の昂ぶりとともにひと際高くお尻を突き出すと、それをがっしりと両手で摑んで、Kさんはバックからオチン〇ンを突き入れてきました。

「ひあっ、あああああ……んあぁぁっ……！」

そのインパクトときたら想像以上で、最初、アソコが引き裂かれちゃうんじゃないかという苦痛と恐怖に襲われましたが、彼がゆっくりピストンし淫肉をほぐしていく

うちに、徐々に心地よさが滲み出し、いつしかそれはかつて経験したことのない爆発的快感へと変わっていきました。そして、

「ああん、あひぃ……すご、すごいぃ……こんなの初めてぇ……ああ、だめだめ、もう、もうイッちゃう……イッちゃうのぉぉっ！」

挿入からこんなに早く絶頂に達してしまうなんて初めての体験でした。

そして、それからベッドルームに場所を移して、あらためてじっくりとKさんの巨根セックスを味わい、最後、びっくりするくらい大量の彼のザーメンを浴びながら、クライマックスのオーガズムに昇り詰めたのでした。

その夜、格安で手に入れた高級牛肉のステーキを嬉しそうに頬張る夫の姿を見ながら、私は不思議に罪悪感は感じませんでした。

■私の胸を揉む手からは荒々しさが消え、やさしく可愛がるような動きへと変わって……■

正月の誰もいないオフィスで私を襲った狂った欲望の嵐

投稿者　宮田弓香（仮名）／24歳／OL

彼の都合がどうしても合わなくて、年末の慌ただしい時期に結婚式を挙げました。でもまあ、年の終わりとともに切りよく寿退社、新しい年の到来とともに新婚生活を始めるのも、気分的には悪くないかも、なんて思ってました。

ところが、年明け早々、彼とまったりと甘〜いお正月を楽しんでる最中に、かつての上司のS課長からいきなり電話があったんです。

「どうしても君じゃないと解決できないトラブルが勃発してしまった。本当にすまないが、明日、会社に来て対処してくれないか？　もちろん、特別手当は出すから」

っていう内容でした。

マジで？　私、もうお宅の社員じゃないんですけど。とは思いましたが、お世話になった上司の頼みだし、特別手当という言葉にも引かれて、引き受けてあげることにしたんです。お正月休みの最後の一日、彼を一人にしてしまうことになるけど、彼も、まあ仕方ないんじゃないの？　と、納得してくれて。

翌日の昼頃、まだ閑散としているオフィス街に向かい、元勤め先のドアをくぐりました。セキュリティ解除はS課長がうまくやってくれました。

かつての部署の部屋に行き、PCに向かうと、課長の直面しているデータ管理上のトラブルを確認し、すぐに原因は判明したので手早く、ほんの三十分くらいの作業ですべては解決しました。

「本当にありがとう、助かったよ！　さすが弓香くんだ。返す返すも辞めちゃうなんて残念だよ……」

いや、もう辞め〝ちゃってる〟んですけど、と心の中でツッコミを入れながらも、褒められると嬉しいし、そもそも課長のことは嫌いじゃないので、まあそれなりにいい気分ではありました。

「じゃあ私、これで。主人も待ってますんで」

と、私は改めて、催促の意味を込めて課長の目を見つめました。

「あ、そうだったね、特別手当……」

課長は私の意図に気づいてスーツの懐に手をやりました。私が期待を込めた目で見ていると、取り出された課長の手に握られていたのは、お金の入った封筒ではなく、ビニールの荷造りヒモでした。

私がきょとんとしていると、課長はいきなり私の体に手をかけ、なんだかものすごい手際のよさで、私の両手を後ろ手に縛り上げてしまったんです！

「か、課長、ちょっと……これ、なんのマネですか⁉」

「ふふ、学生時代にやった引っ越しのバイトの荷造りテクニックが、こんな形で役に立つとはな」

課長は私の問いかけには答えず、何やら満足そうにひとりごちると、そのまま私の体をデスクの上にうつぶせに押し倒しました。両手を後ろで拘束された私は、もうなんの抵抗をすることもできません。

「ああっ、い、痛いです、課長！　やめてください……！」

「弓香くん……ずっと想い続けていた私の気持ちを踏みにじって、結婚退職してしまった、きみのほうが悪いんだよ！」

えっ⁉　ずっと想い続けてた……？

課長の思わぬ言葉に驚いた私は、必死に首をねじって課長のほうを見上げたんですが、そこにあったのは、普段の穏やかな雰囲気とはまったく違う、なんだか異常な光でギラギラと輝く目でした。

「ああ、弓香くん、大好きだ、死ぬほど愛してる……！」

荒く息を喘がせながら、課長は背後から私の体に覆いかぶさり、厚手のセーターをたくし上げると、強引にブラジャーもずらし上げて、露わになった胸の膨らみを鷲掴みにして揉みしだいてきました。

「ああっ、か、課長、やめてください！　大声上げますよ！」

「はぁはぁ……どんなに騒いだって無駄だよ。ここには私ときみの二人しかいないんだ。もっと言うと、今日のトラブルは、きみに来てもらうために、私が自分で仕組んだんだ」

私に対する常軌を逸した執着とは裏腹に、この妙に計画的な冷静さ……私は課長という人間がわからなくなってしまいました。

ただひとつ確かなことは、いくら抵抗しても無駄だということ。

きっと無理やり拒絶すれば、痛い目を見るか、課長のさらなる異常性を煽ることになってしまうでしょう。

私のそんな心中を察したかのように、課長の声音に不気味な甘ったるさが忍び込んできました。

「ふふ、そうそう、おとなしくするのが身のためだよ。黙って私の想いを受け入れてくれれば、絶対に悪いようにはしないから……」

そして、私の胸を揉む手からは荒々しさが消え、やさしく可愛がるような動きへと変わっていきました。やわやわと乳房を揉み回し、愛情を込めるように搾り上げると、先端の乳首を指先でデリケートにコリコリと摘まみねじってきて……。

「はふ……んんっ……」

思わず自分でもびっくりするような甘ったるい喘ぎ声が漏れてしまいました。

「ああ、嬉しいなあ、感じてくれてるんだね」

課長の満足そうな声とともに、お尻のほうにゴツゴツとした硬い感触が感じられるのに気がつきました。

「あっ……はふぅ……っ……」

「ふぅ……私ももう我慢できなくなってきちゃったよ……」

課長は切羽詰まったような声でそう言うと、私のスカートに手をかけ脱がし取り、ストッキングごとパンティをズルッと引き下ろしてしまいました。剝き出しになったお尻とアソコが外気に触れ、その刺激になんだか私のほうの興奮も煽られてしまうようでした。

「きみには見えないだろうけど、私のチ○ポ、もうびっくりするくらい大きくなっちゃってる……さあ、入れるよ。準備はいいかい？」

という声とともに、ズブリ……と、熱い衝撃が背後から私の中に入り込んできました。それは、普段夫とのセックスで味わっている感触よりもさらに深く、私の子宮に届かんばかりの勢いで快感を送り込んできて……課長の昂ぶりの大きさがイヤというほどわかるものでした。

「あん……はう、んはぁ……っ！」

「くうっ……弓香くんの中、いつも想像してたとおり……いや、それ以上だ。ウネウネと絡みついて、チ○ポを締めつけてくるぅ……」

一段と課長の腰の動きが激しくなり、私の全身は揺さぶられて……グワァッと大きな快感の波が押し寄せたかと思うと、私は盛大にヨダレを垂らしながら、

「あああッ……イク……イッちゃうぅ……はうあァッ！」

体をビクンビクンと震わせながら、昇り詰めてしまいました。

そして、プルプルとヒクつく性器から内股を伝って、熱い液体が流れ落ちていく感覚を感じ、課長も射精したことを知りました。

それはもうびっくりするくらい大量の滴りでした。

「今日はありがとう。もう思い残すことはないよ」

課長はそう言って、三万円の入った封筒を手渡してきました。

この特別手当が果たして、安いのか高いのか……まあ結果、気持ちよく満足させてもらったから、どっちでもいいんですけどね。

■性感テンションの盛り上がってしまった私は、わざとお尻をゴリゴリと動かして……

乳酸菌飲料顔負けの濃ゆ～い精液を味わった訪問販売H!

投稿者 村川由紀恵（仮名）／34歳／パート

ようやく子供も手のかかる時期を過ぎたということで、私いま、午前中だけ某乳酸菌飲料の訪問販売の仕事をやってます。おもに担当しているのはオフィス街で、いろんな会社を訪ねて、ご希望のお客様に販売させていただいてます。

ある日、いつもどおりの時間にある会社を訪ねると、馴染客の総務部のTさんがいつもと同じ商品をお買い上げくださりながら、いきなり私の耳元で妙なことを囁いてきました。

「今日の村川さん、なんだか無性に色っぽいなぁ……おれ、たまんなくなってきちゃったよぉ……」

こういうお客様はたまにいらっしゃるのですが、まあたいていご挨拶程度のおやじトークの域を出ません。でも、この時のTさんの雰囲気はそれらとは明らかに異なるものでした。

「ねえ、今日は五本買ってあげるからさあ、ほんのちょっとでいいから、おれとトイレまでつきあってよ」

乳酸菌飲料五本とはまた安く見られたものですが、私最近、夫ともご無沙汰で少し欲求不満気味だったこともあったし、何よりTさんのことをけっこう憎からず思っていたので、いたずら心が芽生えてこう答えていました。

「そうねぇ……十本買ってくれたら、考えてもいいかな？」

「買う、買う！　十本でも二十本でも買っちゃう！　だから、トイレ行こっ！」

私はなんだかTさんのことが無性に可愛くなってしまって、周囲に人の目が無いことを見計らいながら、彼につきあってあげることにしました。

私たちは男子トイレの個室へと滑り込みました。

Tさんは蓋をした便器の上に腰を下ろすと、向かい合う形で私をその膝の上に座らせました。

「ああ〜、やっと念願叶ったよ。もうずっと村川さんのこといいなぁって思ってて、朝顔を見るといつもムラムラしちゃって、仕事が手につかないこともしょっちゅうだったんだぜ」

「ほんとに？　Tさんの奥さん、すごい美人だって評判だけど、こんなことしちゃっていいの？」

「ん？　まあそれはお互いさまということで……」

Tさんはいたずらっ子のような笑みを浮かべ、私の緑色の制服のブラウスのボタンを外して、ブラを上側にずらし胸を露出させると、かぶりつくように乳房に吸いついてきました。

「んん、村川さんの乳首……チュプ……想像してたより大粒で……はむぅ……しゃぶり応えがあるなあ……う～ん、美味しい……」

「あん、そんなこと言わないでぇ……それ、ちょっとコンプレックスなんだからぁ」

私は彼の絶妙な唇と舌、そして歯が繰り出す快感に身悶えしながら、そう応えていました。

「コンプレックスだなんて、すごいステキだよ。どこに出しても恥ずかしくない立派な乳首だよ！」

「ンもう……ばかっ！」

そんなやりとりもセクシーで楽しく、ますます性感テンションの盛り上がってしまった私は、わざとお尻をゴリゴリと激しく動かしてあげて、Tさんの股間を刺激するようにしました。それに応えてムクムク、カチカチと昂ぶってくる感触が、下半身から伝わってきます。

「ああ、村川さん……そんなにされたら、おれ、もう……」

本当はひざまずいて咥えてあげたかったのですが、個室トイレの狭いスペースではそれも叶わず、逆に私のほうが立ち上がらされて、スカートをめくり上げられストッキングごとパンティを膝まで下ろされて、Tさんの口撃を受ける格好になってしまいました。

Tさんは私の肉ビラを指で左右に掻き分けるようにして押し広げ、舌をチロチロと蠢かせながら、すっかり濡れそぼったヒダヒダを舐め、吸い……ハープの弦を爪弾くように、快感の旋律を奏でてくれるのです。

「ああん……はぁ、き、気持ちいいっ……」

「ほらほら、もっと声抑えないと、誰かに聞こえちゃうよ？」

「んもう、そんなこと言ったってぇ……あうぅっ……」

私はもう腰がガクガクしてきてしまって、辛抱たまらず彼のズボンのジッパーを下げてガチガチに勃起した肉棒を取り出すと、その上に腰を沈め、ズブズブと蕩けきった肉壺で呑み込んでいきました。そして、彼の肩に両手を置いてバランスをとりながら、体を貪欲に上下動させせました。

「あひっ、はふっ、んはぁ、ああっ……」

「ああ、村川さん、すごい、締まるぅ……も、持ってかれそうだぁ……！」

Tさんの手が私の両の乳房を揉みしだき、さらに高まった快感のバイブレーションが私の全身に襲いかかります。

「ああ、もうイキそう……んんっ、イク、イッちゃうぅ……」

「うう、おれももう、で、出るぅ……！」

私は絶頂に達すると同時に、肉壺でTさんの熱いほとばしりが炸裂するのを感じました。手を伸ばしてそれに触れてみると、ネットリとして濃厚で……私は思わず指についたのを舐めとっていました。

「ふふっ、さすがうちの商品を毎日ご愛飲いただいてるだけあるわ、濃くてとっても美味しいっ。これからもよろしくご愛顧くださいね」

「ははっ、村川さんにはかなわないなぁ」

ほんの三十分ほどの逢瀬でしたが、しっかりと満足感を味わえた体験でした。

■熱い吐息が漏れ、思わず自分の胸をFさんの分厚い胸にグリグリと擦りつけて……

母の再婚相手と淫らにつながってしまった秘密の熱い夜

投稿者　坂本真由（仮名）／28歳／アルバイト

結婚して実家を離れて暮らしているんだけど、父を五年前に病気で亡くして一人暮らしをしている未亡人の母から、突然電話があって、衝撃の発言が！

「あのね、お母さん、今度再婚することにしたから、あなたも一度相手の人を見にこっちに帰ってきてよ」

いやまあ、そりゃあ母もまだ五十一歳で、おばあさんというには程遠い年齢だから、全然アリなんだけど、いざ、義理とはいえ新しい父親ができるとなると、やっぱりちょっとうろたえますよね？

とりあえず、夫の許諾をとって実家に一泊するという段取りで、郷里に戻ることにしました。

駅に着いてタクシーで実家に行くと、もうそのウワサのお相手も来ていて、母と二人で私を出迎えてくれました。

これから義父になろうかという彼はFさんといって、四十八歳で母より少し年下の大工さんでした。なんでも、納屋の修繕を頼んだことが縁となって、あれよあれよという間にこんなことになってしまったんだって。

「あなた、帰ってくるのは二年ぶりくらいでしょー？　ほんと親不孝なんだから。でも今日は来てくれて嬉しいわ。三人で楽しく飲みましょ！」

ということで、夕方の六時くらいから宴が始まったんだけど、実は母はそんなに飲めないたちなもので、ビールを小さなコップでほんの二杯程度飲んだだけでへべれけになってしまって、七時半を回る頃には、すっかり母は部屋の隅で寝入ってしまい、私とFさんとでさしつさされつ状態になっちゃいました。

母に似ず、私はけっこういけるクチなんですが、Fさんはそれ以上で、どれだけ飲んでも酔わず、そのうち私のほうがヤバくなってきてしまいました。

「さすがFさん、日ごろハードなお仕事をしてると、お酒も強くなるんですかねー？あ、ビールの追加持ってきますね～」

そう言って、台所に行こうとしたその時、酔いが足腰まで回ってしまった私は、よろけてFさんの膝上に倒れ込んでしまったんです。

「ああ～ん、ごめんなさ～い！」

私はそう言って慌てて謝りましたが、倒れた拍子に触れたFさんの肉体のたくましさに思わずドキリとしてしまいました。

がっしりとした肩、分厚い胸板、引き締まった腹筋、太くて硬い太腿……IT系の仕事をしていてヒョロヒョロした夫とは、すべてが真逆です。

私はその新鮮な感触を味わうかのように、しばらくそのまま彼の膝上から動けなくなってしまいました。

「あ、あの、真由さん……？」

動きの止まってしまった私を心配してそう声をかけてきたFさんでしたが、私の心身のドキドキは、必然的に伝わっちゃったに違いありません。恐る恐る私の体に手を伸ばして、撫で回すようにしてきたんです。

「ん……ああ……」

Fさんの素敵に分厚い手のひらにさすられて、私はボッとカラダが熱く火照ってきてしまいました。

「お母さんももちろん魅力的だけど、やっぱり若いと違うね。張りがあってピチピチして……吸いつくような肌だ……」

いつしかFさんの鼻息も荒くなってきて、私の体を撫でる手にも一層熱がこもって

きました。私の興奮もさらに高まってきて、

「ああ、はふぅぅ……」

熱い吐息が漏れ、思わず自分の胸をFさんの分厚い胸にグリグリと擦りつけてしまってました。たくましい胸筋に押し返される形で、ブラに包まれた柔らかい乳房がグニャリとつぶれ、その反動がもたらす甘い刺激が私に返ってきます。

「ああん、あはぁぁ……」

「うう、真由さん……んぐぅ！」

喘ぐ私の唇を、Fさんが激しい口づけでふさいできました。私の体を力強く抱きすくめながら、ヌチャヌチャと艶めかしく舌と舌を絡ませ、ジュルジュルと淫らに唾液を啜り上げてきます。

「んぐはぁ……うぷぅっ、ぷはぁ……っ！」

「んふう、真由さん……んじゅぷぅ……んちゅ……」

そうやってお互いの唾液を交換しつつ、もどかしげに双方の衣服を脱がせ合いました。露わになったFさんの肉体は黒光りして本当に素敵で、それを見ただけで、ますますアソコが熱く潤んでしまい、そんな自分にさらに煽られるように、彼の乳首をチュウチュウと吸っていました。

「ああ、真由さん……っ」

私の口戯に喘ぎながら、Fさんも大きな手で左右の乳房を包み込むと、がっしがっしと荒々しく揉みしだいてきました。

「んぅ、感じる……くふぅ、はぁん……」

私は続いて身を屈めると、Fさんの股間に顔を埋めてたくましく勃起したペニスを咥え込み、一心不乱にフェラしてあげました。すると、Fさんもお返しとばかりに体勢を入れ替えて私のアソコの肉にくらいつき、シックスナインの格好でお互いの性器の味わいを楽しみ合ったんです。

「ああ、Fさん、私、もう、欲しくてたまらない……このたくましいオチ○ポ、オマ○コに入れてぇ、おねがい〜っ！」

「いいんだね？　本当に入れちゃうよ？　オマ○コ刺しちゃうよ？」

「ああん、早く刺して〜〜っ！」

そして私はFさんのペニスに刺し貫かれ、たくましい肉体の全パワーが集約されたエクスタシーをこれでもかと注ぎ込まれたんです。

「あひっ、イク、イクイク……あう〜〜っ！」

絶頂に達するまさにその瞬間、引き抜かれた勃起ペニスが炸裂し、私のお腹にビュッビュッと大量の白濁液がぶちまけられました。

二人、クライマックスの余韻にまったりとしている中、Fさんが言いました。

「あの……今日のことはお母さんには絶対ヒミツということで……」

「う～ん……またこっそり会ってくれるなら、ヒミツにしてあげようかな」

私がいたずらっぽくそう言うと、Fさんは困ったように苦笑していました。

■私お得意のバキュームフェラをお見舞いしてあげると、翔くんはもう腰をガクガク……

イケメン義弟の若々しい肉体を貪った禁断の夏休み！

投稿者　桑原今日子（仮名）／30歳／専業主婦

私と同じ歳の夫には、ひと回りも年の離れた弟がいるんだけど、これがまたイケメンでかっこいいの！　夫も決して悪いとは言わないけど、弟の翔くんと比べたら、ちょっと霞んじゃう感じ？

その翔くんが高校生活最後の夏休みに一週間ほど東京に遊びに来て、その間うちに泊まるっていうもんだから、私、もう完全に浮足立っちゃった。翔くんと一週間、一つ屋根の下で暮らす……そう考えただけで、なんだかカラダが妖しく疼いてきちゃって仕方ないの。

そしてとうとう翔くんがうちにやって来て、昼間は別々に宿をとっている田舎の友達連中とあちこち遊びに行き、夜は遅くに帰って来てごはんも食べずに寝るだけ、という日々が過ぎていき、でもまあ、私もそれなりに楽しませてもらっちゃった。

翔くんが寝ている部屋を夜中にこっそり覗き、なにしろ部屋にエアコンが無いもんだから、窓全開、そしてボクサーパンツ一丁の艶めかしい姿で寝ているその姿をじっくりとガン見！　ピッチリしたパンツの前のボリューム感のある膨らみをたっぷりと拝ませてもらい、しなやかな筋肉で覆われた魅惑の肢体も舐め回すように視姦して……仕事で疲れてさっさと寝ちゃう夫を尻目に、翔くんをオカズにオナニーしまくっちゃってました。

正直、それでまあまあ満足してたんだけど、さあ明日はもう翔くんが帰るという土壇場になって、突然夫が地方に出張することになり、一線を越えられる思わぬチャンスが巡ってきちゃったの！

しかもその日に限って、翔くんも夜の九時というかなり早い時間に帰って来て、これはもうお膳立ては揃ったというもの。

軽く晩ごはんを食べてから、十時過ぎ、翔くんはお風呂に入った。

私は浴室のドアの外で翔くんの若々しいオスの匂いの染みついたパンツの香りを思いっきり吸い込み、自分の興奮をガンガン高めた上で、全裸になって浴室に乱入した。

「！　ちょ、ちょっと今日子さん、な、何やって……!?」

驚いてあたふたする翔くんに、私は問答無用で抱き着いてた。

「ああん、いいじゃない、お義姉さんといいことしよ？　黙ってれば誰にもばれないから……ね？」

　私はひと回り年上の余裕で上から目線でそう言い、降りかかるシャワーのお湯を浴びながら、彼の唇を貪るように暴力的にキスした。熟練のテクで舌をヌルヌルと絡ませ、蠢かせ、魂まで抜き取らんばかりの勢いで吸い上げていたら、最初は硬く緊張していた翔くんの全身からだんだん力が抜けていき、代わりに（笑）下半身のほうが力強く硬直してきて、あっという間にびっくりするくらいの大きさになっちゃった。マジ、勃起時の大きさは夫よりあるんじゃないかなぁ？

　私はそばにあったボディシャンプーの中身を手にとり泡立てると、それを彼のペニスに塗りたくって、亀頭のところをクリュクリュとこね回すようにしながら、竿全体に延ばすようにニュルニュルとしごいてあげた。

「ああ、今日子さ……ん……そんな、ダ、ダメです……」

「えっ、ダメ？　じゃあやめていいの？　ん？」

「ああっ……や、やめないで……んんっ！」

　私が意地悪く扱ってあげると、翔くんは悩ましげな声でそう言い、私は、よしよしという感じで、さらに玉袋のほうもコネコネと弄んであげて、そうすると、彼はますます身をくねらせてよがっちゃって、その姿がなんとも言えず可愛いの。

「さあ、じゃあ今度はお口で味わわせてもらおうかな」

私はシャワーで彼の下半身を覆う泡を洗い流すと、きれいになったペニスを咥え込んであげた。先端から滲み出しているガマン汁がちょっと苦いけど、なんとも言えずエロ美味しくて、とってもいい感じ。

口戯の勢いをどんどん上げて、私お得意のバキュームフェラをお見舞いしてあげると、翔くんはもう腰をガクガクさせちゃって、しまいにはヘナヘナとしゃがみ込んでしまった。

「はぁ……今日子さん、もう僕、もちそうもありません……あの、今日子さんの中に、入れさせてもらってもいいですか？」

いやらしくポワンと上気した目線でそう言われ、私としてはもう望むところ！

「いいけど、その前に私のここもちょっと舐めてくれない？　もうちょっと濡れたほうが気持ちよく入ると思うの」

私がそう言うと、翔くんは私を浴槽の縁に座らせて、ものすごい勢いでアソコを口で責め立ててきて……その性急な唇と舌の動きがまたよくて、私はまたたく間に汁だく状態になっちゃった。

「ああん……さあ、もういいわよ。お義姉さんのココも、翔くんのチン〇ンが食べたくてどうしようもなくなってる」

「ああ……今日子さんっ……！」

翔くんは私の体を下ろすと、そのままお互いが向かい合う格好で自分の股間の上にかざして、ペニスでゆっくりと肉びらを割っていった。ツプ……先端が入り込んだかと思うと、続けてズプズプと全体が私の肉洞を押し広げていって、とうとう奥の奥まで届いてしまって……！

「ああっ、翔くん、当たってる……子宮に、子宮に当たってるのぉ……す、すごい！」

「ううっ、今日子さんの中、熱くてドロドロで……なんだか僕ももうおかしくなっちゃいそうですぅ！」

彼の下からの突き上げがどんどん早くなるとともに、私の腰の跳ね具合もビョンビョンと勢いを増していって、二人の欲望のエネルギーがうねり、高まっていく感じ！

「ああん、翔くん……翔くんっ……！」

「くううっ、今日子さん、今日子さん……！」

そして、クライマックスに向けての大きな波動が私のカラダの中に押し寄せてきて……そのバイブレーションが伝わったかのように、翔くんも最後のフルスロットルをかけた感じ！

「あはぁっ、んはぁ、ああああっ！」

「うぐぅ……んっ、うくっ、んぐぅ……っ！」

最後、私たちはしっかりと固く抱き合って、全身をビクンビクンと震わせながら二人同時にフィニッシュしちゃってた。

「じゃあなー、また遊びに来いよー」

何も知らない夫は、去っていく翔くんを見送りながら爽やかにそう言ってたけど、私のほうがずっと切実にそう願っていたのは、まあ言うまでもないわよね？

■大きく張り出した亀頭部分が乳首をクニクニと刺激してくると、たまらない快感が……■

かつてのセフレ上司との激しき別れのエクスタシー！

投稿者　青山みやこ（仮名）／33歳／専業主婦

ＯＬ時代お世話になった上司が、早期退職で五十五歳という若さで会社を辞めることになり、当時から続くＯＧのネットワークで、ごくごく内輪の送別会をすることになりました。実は私、その上司・Ｈさんと昔肉体関係を持っていたことがあって、正直行くのを躊躇したのですが、そんな事情を何も知らないＯＧ仲間から恩知らず呼ばわりされるに及んで、仕方なく出席することにしました。

送別会は、かつての職場でよく使っていたおなじみの居酒屋で開かれ、Ｈさんの次の勤め先も決まっているということで、ほとんど悲壮感もなく、楽しく和気あいあいと進んでいきました。

そして三時間後、無事お開きということになったのですが、帰っていく皆を尻目に私だけがＨさんに呼び止められ、なんだか嫌な予感に苛まれました。

もちろん、その予感は当たっていました。

私はHさんから携帯の動画を見せられたのですが、なんとそれは昔、密かに私とHさんのセックスを撮影したものだったのです。元々機械に強かったHさんにとって、こっそり隠し撮りすることなど造作もないことだったのでしょう。

「本当はこれは、僕だけの思い出として残しておこうと思ったものだったんだけど、今回、遠く離れた所に行かなければならないと思ったら、どうしてももう一度君を……みやこを抱きたいと思うようになっちゃって……。脅迫するようで申し訳ないけど、最後に僕の願いを叶えてくれたら、この動画を人に見せることは絶対にしないから。ね、お願いだ」

Hさんの言いぐさに、それって完全に脅迫してるじゃない、と腹が立ちましたが、これはもう言うことを聞かないわけにはいきません。今はもう私はエリート商社マンの夫と名門私立小学校に通う娘を持つ、セレブ主婦。今さらこんなことで、その社会的立場を失うわけにはいきません。

「わかりました。でも本当に約束は守ってくださいね」

「もちろんだよ。僕今まで、みやこにウソついたことは一回もないだろ？」

この隠し撮り以外はね、と思いながらも、私は仕方なく彼についてホテルへと向かったのです。

でも、最初はいやいやだったのが、ホテルにチェックインし、部屋に入り、シャワーを浴びているうちに、だんだんとテンションが昂ぶっていく自分がいました。

そもそも、私がHさんとOL時代につきあっていたのは、彼とのカラダの相性が抜群によかったから……当時すでに妻子持ちだったHさんでしたが、ただ快感を得るためだけと、割り切ってつきあうことができたんです。

お互いにシャワーを浴びて身ぎれいになり、八年ぶりに全裸で向き合うと、ちょっと全身に肉はついたものの、かつて私をよがり狂わせたオチン◯ンは五十代半ばだというのに元気そうで、見つめ合ううちにムクムクと目の前で大きくなっていきました。

私ったら恥ずかしながら、その様を見ているだけで体中が火照ってきてしまって……思わずゴクリと生唾を呑んでいました。

すると、目ざとくその様子に気づいたHさんはニヤリと笑うと、

「さあ、思う存分舐めていいんだよ。ずっと……欲しかったんだろ？」

と言い、私は否定できない自分がちょっと情けなかったです。

でも、欲しいものはしょうがありません。私は彼の前にひざまずくと、その腰のあたりに手を置きながら、首を伸ばしてオチン◯ンを咥え、手を使わずに持ち上げると、そのまま顔を前後させながらしゃぶっていきました。

グッチュグッチュと吸い上げるたびに、私の口の中でそれは長く、太く、硬くなっていき、あっという間に口からはみ出さんばかりにギンギンに膨張してしまいました。

「ああ、相変わらずみやこのフェラは最高だなあ……油断すると、これだけでイッちゃいそうになるからなぁ、気をつけなきゃ」

Hさんは笑いながらそう言うと、チュポンと私の口からオチン○ンを抜き取って、それをそのまま私の胸に押しつけてきました。大きく張り出した亀頭部分が乳首をクニクニと刺激してくると、もうたまらない快感が先端に走りました。

「あん、んくふぅ、うふぅ……」

「ふふ、みやこ、こうされるの好きだったもんなあ。ほら、乳首がびっくりするくらい硬く立っちゃってるよ？　感じすぎて爆発しちゃうんじゃない？」

などと意地悪な睦言が私の耳朶をくすぐり、私の性感はますます高まっていくばかりです。

「さあ、お互いのを舐めっこしようね。みやこのオマ○コ、いやって言うほど愛してあげるからね」

そう言われただけでもうたまりません。私のアソコは大量の愛液を噴出させ、ドロドロのグチャグチャになって、肉襞をひくつかせながら彼の愛撫を待ちわびるのです。

「ンジュ、グジュゥ、ンプ……ん～っ、やっぱりみやこのオマ〇コは最高に美味しいよぉ！　舌が蕩けちゃいそうだ」

シックスナインの体勢になったHさんが、絶妙のオーラルセックスプレイを繰り出しながらそう言い、私も一生懸命フェラするのですが、いつしかとめどなく襲いかかる快感に負けて、しゃぶる動きが鈍くなってしまうのです。

「はふ、あふ、んふ……ああん、Hさん、私、もう……！」

「ん？　何？　もう入れて欲しくて気が狂っちゃいそうだって？　ド淫乱女のココにぶっといオチン〇ンを早くぶちこんでくださいって？」

ああ、全然否定できない……私は彼のスケベなまくしたての言葉に、うんうんと激しく首を縦に振り、オチン〇ンを握る手に一段と力を入れて、激しく乞いました。

「仕方ないなあ、よし、入れるよ？　ほら、思いっきり大きくお股を広げて……さあ、それじゃあいくよ！」

Hさんのその言葉とともに、ググッ……と勝手知ったる大好きな感覚が、私の中いっぱいに拡がり、肉襞をズイズイとえぐってきました。

「あひっ、んはぁ、あくぅ～っ……いい、いいのぉ～っ！」

「そうだろう、そうだろう！　都は僕のオチン〇ンが大好きだもんなあ！　ほらほら、奥の奥まで突くぞぉっ！」

「ふあっ、くああっ、ふはぁぁ……あひぃ……！」

一体、何度イッてしまったことでしょう。

さんざんオーガズムを味わったあとにようやく気がつくと、お腹の上にHさんの大量の精液がぶちまけられていました。

もう二度と会うことはないでしょうが、このカラダの芯まで刻みつけられたHさんの快感の傷跡は永遠に消えることはないと思います。

■ルミさんの舌のいやらしいナメクジが這うような感触が、ゾクゾクするような快感を……

主婦三人で淫らに妖しく絡み合った忘れられない一夜

投稿者　倉田愛子（仮名）／27歳／パート

お互いのダンナがそろって帰りが遅いということで、仲のいいパート主婦仲間三人でおうち飲み会を開いた時のことです。

場所はルミさん（三十歳）のマンション。

私とケイさん（二十八歳）は、お酒とおつまみなどを仕入れてから向かいました。八畳あるリビングで、テーブルやソファを壁際に寄せて真ん中にスペースを作ってから、三人車座になって飲み会が始まりました。

それぞれのダンナに対する愚痴や、パート先のスーパーの男性従業員たちの品定め、上司や嫌な同僚などへの文句といった、ここぞとばかりにあけすけな話で盛り上がって、もう楽しくて楽しくて。お酒がぐんぐん進んでしまい、一時間半ほどで三人とも相当出来上がってしまいました。

すると唐突にルミさんが、

「ねえ愛子さん、女同士でエッチしたことある？」

と言い出し、私にしなだれかかってきました。

「えっ？　そ、そんなのあるわけないじゃないですかぁ！」

私は彼女のムッチリと豊満な肉体の圧力の押されながら、びっくりしてそう答えていました。

「ねえ、ケイさん、普通そんなのないですよねぇ？」

助けを求める感じでそうケイさんに話を振ると、意外なことに、

「ん？　あたしはあるわよ。女子高時代、同級生の子に誘われてね。女の子のカラダって柔らかくって、あれはあれでなかなか気持ちいいものよ」

と、思わぬ言葉が返ってきて、なんだかとんだ逆効果。

「ほら、案外普通なことなのよ。私も前の勤め先で先輩から手ほどきを受けたんだけど、これがちょっとヤバイくらい気持ちよくってね。今でもたまに、男とは違うその快感を思い出して、こっそりオナニーしちゃうんだぁ」

ルミさんは、ほら見たことか、みたいな感じで私への密着度を上げて、首筋に舌を這わせてきたんです。

「ちょ、ちょっとルミさん、何やって……あっ……」

すでにアルコールでカッカと火照ったカラダは妙に敏感で、ルミさんの舌のいやらしいナメクジが這うような感触が、ゾクゾクするような快感を生んでしまいます。

「あ～ん、楽しそう……私も久しぶりにからんじゃおうかなぁ」

ケイさんも興奮で目を潤ませながら、ルミさんとは打って変わって、そのスレンダーでしなやかな肢体を私たちに絡みつかせてきました。

なんだかあっという間に私は服を脱がされ、二人も全裸になって、三人がくんずほぐれつの状態になりました。

「ふふ、愛子さんのカラダって、私とケイさんを足して二で割った感じっていうか……バランスがとれてて、とってもきれい」

「ほんとね。オッパイもちょうどいい大きさで、腰も適度にくびれてて、とっても感度がよさそう」

ルミさんとケイさんが口々にそう言って私のカラダのことを褒めながら、撫で回し、口づけしてきました。そんなのお世辞だろうけど、言われるとやっぱり悪い気はしなくて、うっとり感が倍増してしまうような感じでした。

「ほら、こういうのはどう？」

ルミさんがそう言って、仰向けになった私の上に覆いかぶさり、たっぷりとした乳房を私に触れさせてきました。

ポチャ、プチャ、という感じで彼女の大粒の乳首が、私の乳首にくっつき、離れ、そのなんとも言えない感触が生み出す気持ちよさが、もうたまりませんでした。

「ああ……いい、気持ちいいですぅ……」

「うふ、じゃあ私はこっちのほうをいただいちゃうわね」

下のほうでそう言うケイさんの声が聞こえたかと思うと、私の股間の中心に異物が入ってくるのを感じ、それが内部でクニュクニュと蠢き回り……彼女の舌が送り込んでくる蕩けるような快美感に、私は身をくねらせながらヨガってしまいました。

「ああん、そんな……すごぉい、き、気持ちいいですぅ……」

「ふう……私もすっごい興奮してきちゃったぁ。ねえ、三人でつながりましょ？　ほら、こうやって……」

ルミさんが私の胸への愛撫を止めてそう言ったかと思うと、ケイさんに目くばせして体勢を入れ替え、自分の股間を私の口のところに持っていき、自分はケイさんの股間に顔を埋めました。

そう、三人がお互いの口と股間を接点につながって、なんともいやらしい女体の円が出来上がったんです。

私はさらにヒートアップするケイさんの舌戯の快感に煽られるように、自らも一心不乱にルミさんの股間を、その鮮やかな赤肉を貪りました。

「んふぅ、んぐ、ぷはぁ……ああっ、愛子さん、とっても上手よぉ、すっごく気持ちいいわぁ……」

ルミさんがケイさんの股間から口を離して、うっとりとした口調でそう言い、

「ふはぁ……私ももうおかしくなっちゃいそう……きもちいいヒィ！」

ケイさんも私の股間を貪りながら、そう喘ぎました。

クチュクチュ、ヌチュヌチュ、ズチャクチャ、ジュブジュブ……部屋中に三人の主婦の股間が奏でる、世にもいやらしい淫音が響き渡ります。

「ああ、もう、もうたまんない……愛子さん、私のマ○コに指突っ込んで、思いっきり激しく掻き回してぇ！」

ルミさんのその懇願の声を合図に、三人皆が口から指に愛器（？）を替え、それぞれの担当マ○コに突き入れ、掻き回し始めました。

「あっふ、ふはぁ、ひああ……」

「あん、感じる、感じちゃうぅ……」

「くはっ、すごい、たまんないですぅ〜〜〜っ」

もう皆、思い思いの嬌声を上げながら快感に身悶えし、なおかつ相手に快感を叩き込んでいくんです。

それはもう信じられないくらいの狂態でした。

そうやって私たちは何度も何度も絶頂を味わい、果てしなくイキまくり、ヨガりまくったんです。

そして夜十一時近くに、この思わぬ性宴はようやくお開きとなり、私たちはそれぞれのダンナの帰りを迎えるために自宅に帰っていきました。

今思い出しても、思わず股間が熱くなってしまう忘れられない一夜です。

■私は狂ったように彼の上で腰を振って、彼も下から私の乳房を揉みしだきながら……

傷心の温泉宿で行きずりの関係に激しく乱れ悶えて！

投稿者　清水理恵（仮名）／35歳／専業主婦

夫の浮気が発覚して、逆上してしまった私は、置手紙を残して家出していました。

『二、三日家を空けます。捜さないでください』

特段行くあてはなかったのですが、数万円のお金とほんの数着の着替え、そして身の回り品を持って、最寄駅から電車に乗ったのです。

どこへ向かおうかちょっと考えたのですが、不思議なもので、頭に思い浮かんだのは、いやな目に遭わされたはずの夫との思い出の場所……結婚する前に、二人で初めて泊まりがけで旅行した温泉地でした。一番楽しかった頃の記憶に呼び寄せられてしまったのでしょうか。

幸いシーズンオフということで、すぐに宿は見つかり、私はこじんまりとした温泉旅館に投宿することにしました。

夕食の前にひと風呂浴びようと浴場に向かい、湯に浸かりながら、夫とのことをあれこれ考えていました。

子供ができないことがだめだったのだろうか？　私に女としての魅力がなくなったのだろうか？　……いろいろ考え出すとなんだか頭の中がぐちゃぐちゃになってしまって、私はつらくなって湯船から上がりました。とにかくここ数日は頭を真っ白にして、羽を伸ばそう……そう思い直すことにしたのです。

浴衣に着替えて女湯から出てくると、ちょうど男湯から出てきたところの、一人の男性と行き会いました。年の頃は四十代半ばくらいの、ベテラン俳優の長塚〇三を彷彿とさせる、やさしそうな雰囲気の人でした。とりあえず、目と目で会釈を交わしてその場は別れたのですが、なんとなく印象に残りました。

そして夕食の時間。この宿は食堂に行って食事をする形だったのですが、さすがシーズンオフ、なんと泊まり客は私と、あの浴場の入り口で行き会った男性の二人しかいなかったのです。

こうなるともう、いっしょに食事するしかないと思いませんか？

「あの、よろしかったら……」

という男性の声かけに応じて、私は彼と食卓をともにすることにしたのです。

「僕、あまり飲めないたちなんですが、せっかくだから軽くいきましょうか」

男性の勧めで瓶ビールを一本開け、さしつさされつしながら、宿の美味しい食事を楽しみました。

シナリオライターをしているという男性がしてくれる、ドラマや芸能界の裏話はどれもすごく面白くて、私は夢中で聞いていました。たまにこうして、温泉宿に数日こもってシナリオを書くのだといいます。彼には変に業界人ぶったイヤミさもなく、サービス精神満点に私を楽しませてくれました。

ほんのりと回ったアルコールの心地よさもあったのでしょうか、次第に彼との間の距離感がなくなっていきました。彼は手相にも詳しいということで、私の手をとってあれこれ言ってもらっているうちに、なんだか彼の手の熱さまで伝わってくるようで……ふと見上げると、彼の瞳がまっすぐに私を見つめて突き刺さってきます。

「よかったら、僕の部屋で飲み直しませんか？」

ごく自然にそう誘われ、私もごく自然にうなずいていたのです。

彼の部屋に行き、もうすでに仲居さんによって敷かれた布団の脇で、私と彼は改めてビールを酌み交わしました。

でも、グラスを口に運びながらも、もう敷かれた布団が目に入って気もそぞろで、一段と酔いが回るようでした。

そしてとうとう、グラスを机の上に置くと、彼が私に身を寄せ、うなじにキスしてきました。そのまま耳朶を軽く噛み、息を吹きかけながら唇へと移動していきます。最初だけ少し体が緊張で固まりましたが、すぐに彼の愛撫に反応していきました。チュッチュ、と軽くついばむようなタッチから、だんだん濃厚に、舌と舌を絡ませて啜り合い、貪り合うようなものに変わっていき、その昂ぶりに、私の全身の血がごうごうと音を立てて駆け巡るようでした。

「すてきだ。こんな素晴らしい奥さんを裏切るだなんて、僕にはご主人の気持ちがわからないなぁ……」

そう言いながら、彼は私の浴衣の帯をほどき前をはだけさせると、ほんのりと上気した肌の上、喉元から鎖骨へ、そして乳房へと唇を下ろしていき、やさしく淫靡に両手で乳房を揉みほぐしながら、乳首を含み、吸ってきました。

ジワジワと拡散していくその甘い痺れに、私は身をよじらせながら喘いでいました。そしてその痺れは、おへそから下腹を伝って股間へと降りていき、私の肉裂の襞一本一本をなぶり、震わせ、弾いて……濃密な体液が湧き出すように溢れ出してくるのが自分でもわかりました。

私がちょっと身をよじらせると、股間がニチャァ……と恥ずかしくてスケベな音を発し、それに目ざとく気づいた彼が、ニヤリとほほ笑むと一気に顔を下ろして、私の肉壺に口を埋めてきました。彼に吸われ、舐められ、こじられ、噛まれるごとに、ヌチャ、グチャ、プチャ……とあられもない音が溢れ、私は恥ずかしさと気持ちよさで、もうどうしようもなくなってしまいました。

そして、私も昂ぶる気持ちのままに、自分から彼の股間に顔を寄せ、すでに勃起しているその一物を咥えていました。先端からは透明な先走り液が滲み出し、そのなんとも言えない苦さが、余計に私の欲望を煽るようでした。

そのまましばらく、お互いの性器を口で貪り合ったあと、彼が体勢を整えて私の上に覆いかぶさり、いよいよ一物を肉壺に挿入してきました。

もうここ最近半年ほども夫とセックスレスだった私の肉体は、その感触にわななき、悶え、乱れて……わけのわからないほどの快感が押し寄せてきました。頭のてっぺんからつま先まで、全身で無数のエクスタシーの爆発が起こったようで、私は思わず上体を起こして彼の体にすがりつき、腰に両足を巻きつけて、より深い挿入感を貪ろうと必死でした。

「ああ、すごい、すごいの……か、かんじるぅ……」

「僕も……なんだかもう蕩けちゃいそうだよ……」

そのまま私が彼を押し倒すようにして、今度は騎乗位の体勢になりました。私は狂ったように彼の上で腰を振って、彼も下から私の乳房を揉みしだきながら、二人、どんどん高まり、悶え、昇り詰め……とうとう私は頭の中で炸裂する白い閃光に包まれながら、絶頂に達していました。そしてほんの少し遅れて、彼の精の放出をドクドクと肉壺に感じたのです。

この一夜でなんだか妙にすっきりとした私は、翌日早々に宿を立ち、家に戻りました。夫に真正面から向き合う勇気をもらえた気がしたのです。

■恐ろしいほどに勃起した彼のペニスが反り返り、跳ね上がり、反動でお腹を打ちつけ……

夫から若い陸上選手の性欲処理係を命じられた私！

投稿者　渡辺あかり（仮名）／34歳／専業主婦

私の夫は某有名私立高校の陸上部の監督をしています。

つい去年まで普通のサラリーマンをしていたのですが、生来の陸上好きと、去年まで監督をしていた先輩の紹介で、この職に就くことになったんです。

でも、思いきって自分の好きな世界に転職したはいいものの、何事も実績がものをいう世界です。ここ一～二年のうちにいい成績を残さなければ、そこは私立のドライでシビアなところ、さっさとクビになってしまうことでしょう。

だから、夫はもう必死でした。

三十人いる部員のコンディション管理から練習メニュー作り、そして実際の練習指導まで身を粉にして取り組み、ほとんど自分の時間などない日々でした。

そして、そんな努力が実を結んだのか、夫の指導を受けたいと、よその高校からかなりの有望選手が越境入学してくることになりました。

彼は光くんといって、十七歳の二年生。それまで公立高校に通い、そこの陸上部で活躍していたのですが、もっと上のレベルを目指したいということでの決断だという話です。

しかし今、陸上部の寮は満員で、県外から来た彼を受け入れることができず、仕方なく特別に、私の自宅に下宿させることになりました。

夫の頼みで、光くんのためにきちんと栄養バランスを考えた食事メニューを作り、洗濯などの世話をしてあげるという日々が始まりましたが、彼が素直で性格がいいということもあって、まったく苦にならず、それどころか今までにない充実感を覚えるほどでした。

でも、ある日、光くんについて夫から出された要請は、そんな私ですらびっくりするようなものでした。

光くんがすべての雑念を振り払って練習に打ち込めるように、一肌脱いでほしい……なんと、彼の若い性欲を処理してあげてほしいというのです！

昔、某有名マラソン監督は、大きな大会の前に女子選手を抱いて、心身ともにリラックスさせている……なんて、ちょっと都市伝説じみた話を聞いたことがありますが、まさかそれが、本当にあるなんて……！

夫が言うには、光くんはかなり女子に人気があり、誘惑も多いのだけど、へたに同年代同士でそういう関係を持つと、精神面でダメージを受けたり、トラブルが生じることが多いので、事務的かつ純粋に肉体的欲求を解消させてあげることで、そういったリスクを回避することが大事なのだそうです。

正直、最初は少し抵抗がありましたが、もともと光くんのことは気に入っていますし、ほどなく決心を固めることができました。

その週の週末、練習が唯一休みの日曜日の昼間、夫が所用で出かけている時に、私は要請を実行に移すことにしました。

光くんは、彼が寝起きしている四畳半の部屋で、布団を畳むことなくその上で寝そべって、マンガ本を読んでリラックスしていました。

「光くん、ちょっとお邪魔していい？」

「えっ？　は、はい、こんなむさ苦しいところでよかったら……」

明らかにどぎまぎした様子の彼を微笑ましく思いながら、私は腰を下ろしました。

「毎日、ハードな練習大変ね。光くん、もてるっていう話だけど、これじゃあ女の子と遊ぶ時間もないわね」

私がさりげなく、そんなふうな話の振り方をすると、

「いえ、そんな……もっと速く、もっと強くなりたいからここに来たんです。そんな暇はありませんよ」

光くんはそんな優等生的な答えを返してきました。そこで私は、

「そう？　でも今が一番、体力も精力も有り余ってる頃でしょ。たまには、その……つらくなったりするんじゃない？」

と言いながら、あぐらを組んだ彼の太腿をさりげなく撫で回しました。

「……っ……！」

光くんは言葉をなくし、固まったようになってしまいました。でも、次第にそのスウエットの股間のところが、ムクムクと膨らんでくるのがわかりました。私は手を滑らせて、そこに触れるようにしました。スウエットの布地を通しても、その熱さと硬さがズキズキと伝わってきます。

「……あっ……」

彼のせつなそうな喘ぎ声に思わずキュンとしてしまい、私はその目をじっと覗き込みながら、スウエットのウエスト部分に手をかけて、下着ごとグイッと膝まで引き下ろしました。

その途端、ブルンッ、バチン！　……と、恐ろしいほどに勃起した彼のペニスが反

り返り、跳ね上がり、反動でお腹を打ちつけました。こんなすごいのを見たのなんて、結婚する前、二十代前半の夫以来です。

「ほら、口ではあんなこと言ってたけど、もうこんなになっちゃってるじゃない。かわいそうに……溜まってるのね。んぐっ……」

「あっ、はうぅ……！」

私がパンパンに膨れ上がった、つやつやピンク色の亀頭を咥えてあげると、なんと彼はものの三十秒ほどで射精してしまいました。

「あっ、あうぅ……ご、ごめんなさい、で、出ちゃった……」

羞恥と快感とで、顔を真っ赤にしておろおろする彼を、私はやさしく制しながら言いました。

「いいのよ、はじめは誰でもこうよ。それより、まだまだいけるわよね？　ほら、ここよ、お母さんのここに入れてみて」

便宜的に、彼には私のことを〝お母さん〟と呼ばせていたのですが、今となっては、この響きが余計にまたインモラルな興奮を呼んでしまうようで、いつしか私のアソコも濡れそぼって、光くんのペニスを激しく求めていました。

「ああ、いいんですか、本当に？　僕、もうずっと、お母さんにあこがれてたんですなんて嬉しいことを言ってくれるのでしょう。私は両脚を大きく広げて彼を迎え入れると、腰を淫らに蠕動させて、ペニスを搾り立ててました。さっきイッたばかりとは思えない硬さと大きさで、彼も腰を振り立てます。そして……、

「ああっ、お母さん、僕、またっ……！」

「ああっ、いいのよ、また、またいっぱい、お母さんのここに出してぇっ！」

彼の二度目の射精を受け入れながら、今度は私もエクスタシーを感じることができました。

それから、私は二週間に一度のペースで光くんの性欲処理に当たり、その甲斐あってか、彼はその秋の県大会で見事優勝することができたのです。

夫にもすごく感謝されて、なんだかとっても複雑な気分（笑）。

でも、私に与えられたこの使命、精いっぱいまだまだがんばるつもりです！

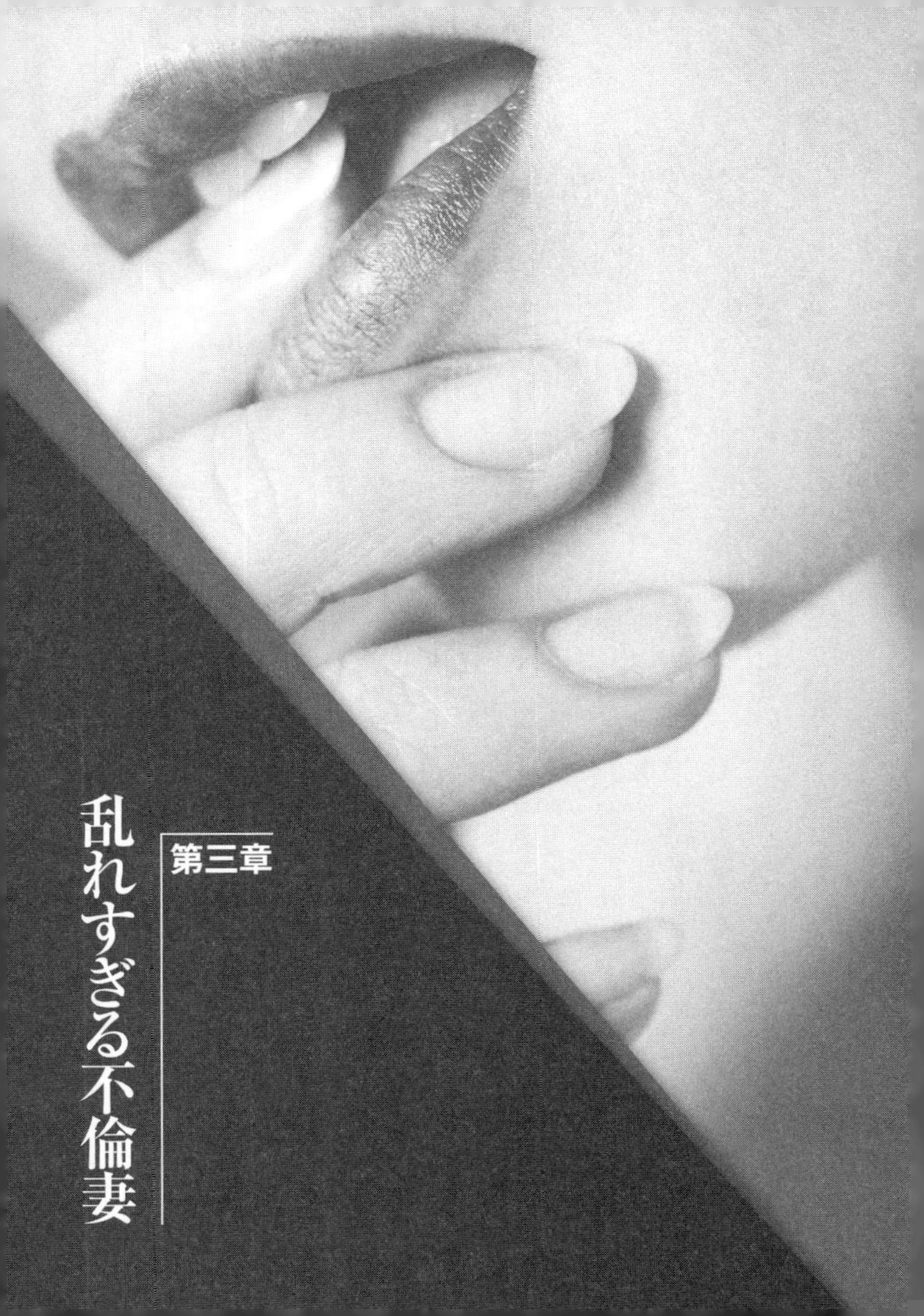

第三章

乱れすぎる不倫妻

■二人の男性から同時に両の乳首を愛され、私はその初めての快感に呑まれてしまい……

同窓会の夜に狂い咲いたまさかの悶絶3Pトラップ！

投稿者 舟木佳乃（仮名）／37歳／専業主婦

卒業以来初めて、高校の同窓会が開かれることになりました。

実に二十年近くぶりのクラスメイトとの再会です。

私は夫に許可をもらい、子供の面倒を任せると、一泊二日の旅程で生まれ故郷の同窓会会場へと向かいました。

出席率は六割ほどだったでしょうか。けっこう仲のよかった女友達とかが来れなかったのは残念でしたが、私は十分満足でした。

それは、初恋のNくんが来ていたからです。

皆、四十も近いということで禿げたり太ったり……昔の面影もない男子が多い中、Nくんは変わらずスラリとしてかっこよくて、とっても嬉しかったのです。

聞くところによると某大企業の課長職に就いているということで、なかなかの出世頭。そんな社会的成功もまた、彼の魅力に拍車をかけているようです。

とは言っても、当時私のほうが一方的に彼のことを好きだっただけで別に付き合っていたわけでもなんでもなく、だから、こう声をかけられた時は、嬉しい反面、もうびっくりでした。

「よっちゃん（当時の私の呼び名です）、よかったら一次会がひけたら、二次会には行かないで、僕ら二人だけで飲まない？」

え、もしかしてNくんも私のことを……？

そう思って期待してもおかしくないですよね？

私は二つ返事でOKして、散会後、彼と二人きりで会場のホテルをあとにしたのでした。

そして、てっきりバーか何かに行くのかと思いきや、Nくんは、

「ねえ、このままホテルに行かない？　正直、僕あんまり飲めるほうでもないし、その……よっちゃんさえよかったら……」

えええええっ⁉

やっぱり彼も私のことが好きだったんだ！

一足飛びのお誘いでしたが、私に抵抗感はまったくなく、むしろもう嬉しくて嬉しくて、速攻OKしてしまいました。

そして私たちは、少し歩いたところにある、ちょっとオシャレなラブホに入りました。チェックインの時、彼がフロントの人と何やらちょっと長く話していたのを不思議に思いましたが、それほど気にしませんでした。

部屋に入り、それぞれシャワーを浴びると、柔らかなオレンジ色の間接照明の中、私たちはいよいよベッドインしました。

「ああ、とってもきれいな体だよ……あの頃のままだ」

と、私の肌に手を滑らせながら彼は言い、まあ、そんなわけはないのですが、今このムードを壊したくないのであえて否定せず、私はそれこそ昔と変わらない彼の体に手を回して抱きしめました。

「ああ、嬉しい、Nくん……ずっと、ずっと好きだったの……」

私が万感の想いを込めてそう言うと、彼も、

「うん、ずっと好きだった……ずっとこうしたかった……」

と、私の夢にまで見た言葉を言ってくれたのですが、そのあとにまさかの信じられない続きが……!

「……僕じゃなくて、マサルが」

えっ⁉　と思った瞬間でした。

部屋の薄暗がりの中に突然もう一人の人影が現れ、そのままベッドに入り込んできたんです！　私はベッドの中、二人の裸の男性に見下ろされる格好になっていました。

「え、なになに、これ一体なんなのぉっ？」

私を襲った驚愕は、それはもう半端なものではありませんでした。

でも、Nくんときたら至ってしれっとしたもので、

「うん、実はさ、よっちゃんは全然覚えてないだろうけど、僕と仲のよかったこのマサルのほうが、ずっと君のことを好きだったんだ。で、この同窓会の機会を利用して、どうしても長年の想いを遂げたいって泣きつかれてさ……友達の頼みを聞いてあげないわけにはいかないじゃない？」

と、薄笑いさえ浮かべながら言うのです。

さっきのフロントでのやりとりは、このための算段だったのでしょう。

「……っていうわけなんだ、ごめんね。でも、俺がまともに当たっても、きっと無理めだろうと思って、Nに相談したんだ。よっちゃんがNのことを好きだったのは知ってたからね」

と言うマサルくんのことを、私は確かにこれっぽっちも覚えてはいませんでしたが、今この状況から逃げ出すことなどできそうもありませんでした。ベッドの上、裸で

大の男二人に体を押さえつけられているのです。

「ああ、夢にまで見た愛しいよっちゃんのカラダ……」

マサルくんはそう言って私の右の乳首を舐め、チュウチュウと吸ってきました。するとNくんも左側の乳首を唇に含んできたんです。

「はう……んんんっ……」

二人の男性から同時に両の乳首を愛され、私は恐怖や驚愕よりもその初めての快感に呑まれてしまい、思わず喘いでしまいました。

「そうそう、ここまできて変に抵抗してもどうにもならないからね、いっそ気持ちよく楽しんだほうがいいと思うよ」

仕掛け人のNくんは悪びれることもなくそう言うと、胸をわしわしと揉みしだいてきました。荒々しい愛撫がぜん私の興奮を煽り立てます。

「さあ、マサル、よっちゃんのオマ〇コ舐めてあげな。きっともうツユだくになってヒクヒク欲しがってるよ」

Nくんのそんなエロ意地悪な指示に従うまま、マサルくんは体を下のほうに移動していき、その口が私のアソコに吸いついてきました。長い舌がうねるようにして肉襞を掻き回し、奥へ奥へとえぐってきます。

「ひあ……んはぁ……」

「ほぉら、ヨガってる、ヨガってる……よっちゃん、やっぱり人妻になってスケベになったねぇ。じゃあ、そのスケベな舌で僕のチ○ポをしゃぶってもらおうかな」

Nくんがそう言って私の口元にペニスを当てがってきて、唇を割って押し入ってくる、その硬く勃起したモノを、私は無意識に咥え込み、ねぶっていました。

「おおう、そうそう、いいよぉ……さすが人妻の熟練テクだ」

Nくんのいかにも気持ちよさそうなその声を聞いてたまらなくなってきたのか、それまで私のアソコを舐めていたマサルくんが、ガバッと身を起こして、

「ああ、入れたい、よっちゃんに入れたい、いいよね、いいよね？　入れるよ！」

と叫ぶようにして言い、その股間のたぎりを私のアソコに突き入れてきました。

それまで見えなかったからわからなかったけど、その大きさは相当なもので、私の中ではち切れんばかりに暴れ、突きまくってきます。

「あふぅ……んあっ、ひゃうぅぅ……！」

上下の口をペニスでこれでもかと蹂躙されて、私はそのあまりの陶酔と快感に何がなんだかわからなくなってしまって……。

「ああっ、ごめん、もう出そう……僕のザーメン、よっちゃんの中に出しちゃうよ、

うぐ、うぐぅ……！」

マサルくんはそう呻き、私の中でペニスを爆発させました。ドクドクと大量の熱い精液が注ぎ込まれてくるのがわかりました。

そのあと、今度はNくんのペニスでアソコを責め立てられ、その間マサルくんは私のアナルを舐め回して、これまた未体験の鮮烈な快感に、私はこれ以上ないほど悶え狂ってしまったのです。

事後、マサルくんはさんざん私に謝り、Nくんもそれなりに謝罪してくれましたが、正直、私はそれほど怒りは感じませんでした。

だって、これまでに経験したどんなセックスよりも、本当に本当に気持ちよかったんですもの。

■私と早紀さん二人の唾液にたっぷりと濡れたペニスは、ピクピクと震えながら赤黒く……

一人のセールスマンの肉棒を奪い合った主婦二人の貪欲

投稿者 長谷川真澄（仮名）／29歳／専業主婦

娘を幼稚園に送り出したあと、そのままの流れで仲のいいママ友・早紀さんの家に遊びに行っていた時のことでした。

話はいつの間にか夫への愚痴や文句になり、中でも二人とも夜の夫婦生活に対する不満が相当溜まっていることがわかりました。

「うちなんてもう、ここ半年ほど手も触れてくれないわよ」

「うちだって、もう丸四ヶ月はご無沙汰だわ」

「かと言って外で浮気してるようには思えないし……」

「そうそう、この不景気のサービス残業続きで、すごく疲れてるみたいだしね」

お互いに、仕事で疲弊している双方の夫に対してそれなりに理解は示しているものの、それと肉体的欲求不満とはまた話が別です。

「あ～あ、ほんと、いやんなっちゃうわ～」

と、その時、玄関のチャイムが鳴り、沙紀さんが対応に向かいました。

すると、なぜか彼女が私のことを玄関に呼びました。

「ちょっとちょっと、見てみてよ」

どうやら来訪者は健康食品のセールスマンらしいのですが、なんだかテンションの上がった早紀さんに言われるとおり、ドアの覗き穴を覗いてみると……、

「ね、かなりのイケメンだと思わない？」

「うん……思う……」

そのセールスマンは年の頃は三十代前半くらいで、少し前に異性関係で問題を起こした俳優の小出○介を思わせる、なかなかのいい男だったんです。

さっきまでしてた話が話だけに、私と早紀さんの間にはなんとも言えないイケナイ空気が充満していました。そして、

「ちょっとだけ、からかってみてもいいよね？」

という早紀さんの囁きに、私も思わずうなずいて同調してしまっていたんです。

ドアのロックが外され、彼が中に招き入れられました。

「お取込み中、話を聞いていただけるということで、どうもありがとうございます」

リビングに通された彼は、テーブルの上に商品を並べて説明を始めました。

でも私も早紀さんも、そんなの全然聞いてなくて、ひたすら彼のことを凝視してる始末。スーツを着ていてもわかる筋肉質でたくましい体格、ズボンの布地をこんもりと盛り上げているボリューム感のある股間……。

次の瞬間、意味ありげなアイコンを私に送ってきた早紀さんが、

「そうねえ……買ってあげてもいいけど、その代わり、ちょっと私たちと遊んでくれない？」

と彼に、とうとうアプローチしていました。

すると、どうやら彼もこういうことが初めてではないらしく、ちょっと微笑むと、

「はあ、そういうことですか。お二人いっしょに、ですよね？　さすがに僕もこのパターンは初めてですが、そうですね、お二人で五万円以上お買い上げいただけるなら……がんばってみようかな」

と答え、これでめでたく商談成立。

だけど、あと二時間もすると子供たちが幼稚園から帰ってきてしまいます。善は急げとばかりに、私たちは慌ただしく服を脱ぎ始めました。

ピッチリとしたボクサーパンツ一枚だけの姿になった彼の肉体は、想像どおりに引き締まっていてたくましく、まぎれもなくエネルギッシュな牡の匂いを放っていまし

た。私と早紀さんはもうっとりとして、二人同時に彼に絡みついていました。

「いやあ、お二人とも幼稚園児のお子さんがいるとは思えないなぁ……とっても若々しくて魅力的ですよ。オッパイにもすごい張りがあるし」

彼はそう言って、左右の手を使って私たちの乳房を同時に撫でさすり、揉みしだいてきました。私も早紀さんも、久しぶりに味わう男の手の愛撫の心地よさに酔いしれ、悶え喘いでしまいます。

「ああ、あふぅん、んんんっ……」

「あん、いい、そう、そこをもっと強く……」

彼はそんな私たちをさらに責め、巧みに弄びながら、交互に濃厚な口づけをかましてきました。三人で唾液を交換し、彼を介して私と早紀さんは間接キスを交わす形になるわけですが、そんなこともまったく気にならないほど、私たちは興奮し、性感が高まってしまっていました。

そして、ちょうど彼が私のほうにディープキスを見舞っている時、早紀さんがもうガマンできないとばかりに、彼のパンツを引き剝がして中身を取り出すと、すでに程よく膨張したペニスにむしゃぶりつきました。とんだフライングです。

「ああん、美味しい、美味しいわぁ……チン〇ン久しぶりぃ！」

早紀さんはあられもない言葉を発しながら、ジュプヌプ、グプチュプとスケベな音を立てて彼のペニスをしゃぶり立て、それに応えてますます硬く大きくなっていきました。なんだか私ももうたまりません。

私もそのペニスにとりすがり、早紀さんと二人、奪い合うように同時に舐めしゃぶりました。私と早紀さん二人の唾液にたっぷりと濡れたペニスは、ピクピクと震えながら、赤黒くそびえ立ちます。

「ふうぅ……お二人ともすごいなぁ、このままじゃあ、僕も持ちませんよ。さあ、もうあまり時間もありませんし、本番といきますよ？」

彼はそう言って、私たちをペニスから引き剝がすように立ち上がると、二人を並べて四つん這いにさせ、その背後にスタンバイしました。

「さあ、いきますよ？　一、二の三っ……！」

そしてそう合図をしたかと思うと、ズブズブッと私のバックからもの凄いインパクトが襲いかかってきました。いったん奥まで突き入れられたかと思うと、ヌプ、ジュプ……とペニスが抜き差しされ、ああ、いい、感じるぅ……とヨガっていたのですが、次の瞬間、それは抜き去られ、今度は早紀さんに襲いかかっていました。

「あひぃ、んあぁ、あん、あん、あ……あ？」

早紀さんも私と同じようにしばらくヨガったあと、不満げな声を上げ、そしてまた私のほうに快感がやってきて……と、彼はほぼ一〜二分ずつ交互に挿入相手を替え、私たちを責め立てたんです。

一挙に最後までいけないもどかしさと同時に、絶妙の寸止め感が意外とよくて、文字どおり私と早紀さんは彼に翻弄されてしまっていたんです。

でもそんな中、とうとうクライマックスがやって来て、私と早紀さんは相次いでフィニッシュに達し、彼もその直後にドンピシャで射精、早紀さんの順番の時、彼女のお尻に大量のザーメンを解き放ったのです。

結局彼から買った商品は、私と早紀さんとで二万五千円ずつ……久々の快感に大満足した私たちとしては、まったく高い買い物とは感じませんでした。

■膣内にこれほどの心地いい圧迫を受けたのは、本当に生まれて初めてのことで……

肉体を賭してクビの危機を脱した私の性なる戦い！

投稿者　白井満里奈（仮名）／25歳／契約社員

私は結婚したあと、それまで勤めていた会社は退職したものの、代わりに同業種のもっと小さな会社に再就職しました。暗黙の了解で寿退社させられたものの、夫もまだ若くて給料も少なく、まだまだ私が働いて家計を助けなくてはいけなかったからです。

新しい会社は、社長の他に社員と契約社員の私を含めて全七人という所帯で、アットホームな反面、いったん人間関係がこじれてしまうと、なかなか修復が難しいところがありました。

そしてそんな弊害に私も、ものの見事に絡めとられてしまったんです。

社長が身内の話をしている時に、私が冗談交じりにその人を中傷するような言動をとってしまい、いたく社長の機嫌を損ねてしまったんです。

私は慌てて一生懸命謝罪したのですが社長には通じず、翌日、呼び出されて通告されてしまいました。

「きみには今月いっぱいで辞めてもらうよ。ご苦労だったね」

小さなワンマン会社で組合などあるわけもなく、すべてにおいて社長の胸先三寸です。私は無駄と思いつつも、それなりに恵まれた待遇をそう簡単に手放すわけにはいきませんでした。

「本当に申し訳ありませんでした……私にできることなら何でもしますから、どうか、どうかクビにしないでください……!」

最後にダメ元でそう懇願してみたのですが、社長から返ってきたのは思わぬ言葉でした。

「本当に何でもする？　たとえば、抱かせてくれと言ったら抱かせてくれる？」

私は一瞬きょとんとしてしまいました。

社長は今年確か六十七歳。その年齢相応に見た感じも老けていて、抱くとか抱かないとか、男性的現役感をまったく感じさせない印象だったからです。

でも、そう言われたからには応じないわけにはいきません。

「あの……私でよければ……はい……」

そう言うと、社長は嬉しそうにうなずき、数日後、密かにホテルで逢い引きすることになったのです。

社長の商談に私がお供でついていくという口実で、二人でタクシーで会社を出ると、そのままホテル街に向かいました。車から降りる時の運転手さんのニヤついた顔が忘れられません。

部屋に入り、先にシャワーを使った私がベッドで裸で待っていると、バスルームから社長が出てきました。

その裸体を見て、私はびっくりしてしまいました。

普段の姿からは想像もつかないほど、その肉体は引き締まって筋肉質で、何よりアレが……すごく大きいんです。

ベッドに歩み寄ってきた社長は私に、フェラチオするように指示しました。

言われたとおり、その垂れ下がった大きなペニスを支え持って咥え、フェラしたのですが、全然大きくならず……私はうろたえてしまいました。

「大丈夫、あんたのせいじゃないよ。もうここ最近、滅多なことじゃ勃たないんだ。でも、あんたのことはずっと前から一度抱きたくて……ほら、これがあるから大丈夫。悦ばせてあげられるよ」

社長はそう言うと、何かの錠剤を水で飲み下しました。

そして抱き合って、しばらくお互いに体を愛撫し合っていると、とうとう……ムクムクとペニスが大きくなってきたんです。

「ほらね？　このED治療薬、よく効くんだ。どう、凄いでしょ？」

そのままペニスをしごいてあげていると、あっという間に怖いくらいに勃起してきて、うちの夫をはるかに凌ぐ迫力の大きさへと到達していました。

「本当に……す、凄いです。こんなの今まで見たことないです……」

「だろ、だろ？　でも本当は私も少し心臓が悪いから、こういう薬、使っちゃいけないんだけど……なに、かまうもんか！」

そんな話を聞いて、もしセックスの最中に腹上死されたらどうしよう、と一瞬不安になりましたが、今この状況でもう社長を止められません。

私は両脚を大きく開かされ、社長に股間を舐められました。それはもうびっくりするくらいしつこく濃厚で、優に四十分は責められたでしょうか。私の肉襞はさんざん可愛がられてたっぷりと愛液を分泌させ、ドロドロに蕩けきっていました。

「あふぅ……ああ、社長、私、もう……」

こぼれ出さんばかりにこみ上げる性感に思わずそう喘ぐと、

「ああ、欲しくてたまらないんだね？　この太いチ〇ポを入れてほしくてたまらないんだね？　それじゃあ、入れようね」

社長は満面の笑みを浮かべながらそう言い、意外なことにきちんとコンドームを着けると、自慢の巨根を私の肉襞を割って突き入れてきました。

「あっ、あっ、あっ……ひあああぁぁあ……」

そのあまりの衝撃に、たまらず喉から喜悦の悲鳴がほとばしってしまいました。膣内にこれほどの心地いい圧迫を受けたのは、本当に生まれて初めてのことです。

「おおっ……あんたのオ○コ、キュウキュウと私のを締めつけて……最高に気持ちいいよ！　やっぱり若いオ○コはいいなあ、たまらんよ！」

「ああん、私も、私もすっごく感じて……こんなにいいの、初めてですぅ！」

「おお、そうかそうか……嬉しいねぇ」

気をよくした社長の腰の動きはどんどん早まっていき、私の全身を壊さんばかりに責め立ててきます。

「ああ、すごい、すごい……ダメ、もう……もうイキそうですぅ……」

「うう、私も……きたきたぁ……すぐそこまできてるよぉ……」

「あっ、イク……イッちゃうぅ～っ！」

「おおう、うぐぅ……はうぅ！」

最後、社長は体を反り返らせてイキ果て、私もこれまでの人生で最高の絶頂に昇り詰めていました。

コンドームの中に発射された精液の量はあまり多くはありませんでしたが、社長はいたく満足してくれたようで、

「すごくよかったよ。あんたのクビは撤回だ。いや、むしろ給料を少し上げてあげようね。その代わり、これからもたまにこうして……ね？」

社長の言葉に、私は笑顔でうなずいていました。

■ほとばしる想いのままに突進してくる彼の恐ろしいほどの力には抗いようもなく……

若く熱い想いを激しく叩きつけられた最後の別れの夜

投稿者　水沢希子（仮名）／40歳／自営業

それはアクシデントというには、あまりにも狂おしく甘美な体験でした。

私は昔からカフェオーナーとなるのが夢だったのですが、結婚して主人も順調に出世し生活に余裕が出てきたところで、自宅の一階を改装し店舗として、その夢を実現することができました。

子供ができなかった寂しさをまぎらわすためにもと、金銭面でも精神面でも応援してくれた主人には、ただただ感謝あるのみです。

本当に小さなカフェなので、最初は余裕で私一人で切り盛りできていたのですが、私の作るオリジナルのフードメニューが評判を呼び、だんだんお客さんが増えてくると、そうもいかなくなってしまいました。

なので仕方なく、アルバイトを一人雇うことになりました。

近所の美大に通う大学生の聖也くんで、真面目に働いてくれるのはもちろん、芸術家志望らしく繊細な風貌の知的イケメンという感じの彼は女性客の受けがよく、ずいぶん集客に貢献してくれました。まあ、とはいっても、何人も言い寄ってくる若い女性たちに彼が応えることは、まったくなかったのですが……。

そして二年が経ち、とうとう聖也くんも美大を卒業し、生まれ故郷の中学での美術教師の職も決まり、地元に帰らなくてはいけなくなってしまいました。それで私は、これまでの彼の頑張りに感謝するべく、ささやかな送別会を開いてあげることにしたのです。

私と彼の双方の都合がいい日程は、ある土曜日の夜。ちょうど主人が出張で家を空けていましたが、まあ別に支障は感じませんでした。

当日、お店の営業時間終了後の夜の八時から、私と聖也くんの二人きりでの送別会が始まりました。私はとっておきのワインを開け、心ばかりのお手製の料理を彼のために供しました。

「本当に今までありがとうね。聖也くんが来てくれて本当に助かったわ」

「いえいえ、僕なんか融通が利かなくて、いろいろ足手まといになっちゃって、すみませんでした」

「そんなことないわよぉ！」

などと和気あいあい、二人ともワインのグラスを重ね、宴は楽しく盛り上がっていったのですが……。

「それにしても、聖也くんたら、あんなにたくさんの可愛い女の子にアプローチされておきながら、全然相手にしないなんて……もったいないなぁー。もし私だったら、とっかえひっかえなのにー、ハハハ……」

と、私がからかうように言うと、途端にそれまでの気の置けない空気が、がらりと重苦しいものに変わってしまったのです。

「あんな連中のことなんてどうでもいい。希子さんが全然僕の気持ちに気づいてくれないから……」

と、聖也くんが思いつめたように言い、その意外な言葉にうろたえてしまった私は、まぜっかえすようにこう言ったのですが、

「やだ、聖也くんたら、そんなおばさんをからかうようなこと……」

「からかってなんか……いないっ!」

聖也くんはそう叫ぶと、いきなり私に抱き着いてきたのです。その拍子にテーブルの上のグラスや食器がガシャガシャと床に落ち割れたのですが、まったく意に介することなく、彼は私の体を客用ソファに押し倒してきました。

「ちょっと、聖也くん、そんな冗談はやめて……！」

私が必死で彼の体を押しのけようとしながらそう言うと、

「冗談なんかじゃない！　僕はずっと、希子さんのことが……！」

聖也くんはさらに激しくそう叫んで、私の服を引きむしるようにして脱がせ、必死で閉じていた太腿をこじ開けるようにして、下半身を押しつけてきたのです。すると、お互いに分厚い生地のジーンズを穿いているというのに、彼の股間の硬い昂ぶりが、痛いほどに熱くはっきりと私の股間に伝わってきました。

「ああ、だめよ、聖也くん、こんなことしたら……」

「だめだ……もう止まらない！　だって、だってこれが希子さんとの最後の時間なんだ。希子さん、好きだっ！」

ほとばしる想いのままに突進してくる彼の恐ろしいほどの力には抗いようもなく、私はとうとうジーンズもパンティも脱がされ、素っ裸に剝かれてしまいました。その上にマウンティングした聖也くんは自らも服を脱ぎ、剝き出しになった股間の昂ぶりが、否が応でも目に飛び込んできます。

それは彼の細身の体に似合わず、意外なほど太くたくましいもので、大きなキノコのように開いた亀頭の笠部分がピンク色につやつやと光り、その異様な迫力に私は思わず生唾を呑んでしまいました。

　彼はそのまま上体を倒して私に口づけしてきました。唇がこじ開けられ、ぬめり込んできた舌が私のに絡みつき、ジュルジュルと口内の唾液を吸い上げてきます。と同時に、彼の裸の胸板が私の乳房を押しつぶすようにこすりつけられ、荒々しくへしゃげられた乳首にジンジンと刺激が流れ込んできて、私は頭がボーッとしてきてしまいました。

　加えて、聖也くんの勃起したペニスがガマン汁を振りまきながら私のお腹の上を、ワレメの上部分のクリトリスのところをヌラヌラ、クニュクニュと滑り、行き来して、えも言われないエクスタシーが下半身全体に広がっていきました。

「あふぅ……んんっ、んぐふぅ……くはぁ……」

「ああ、希子さん、好きだ、好きだ、好きだぁ！」

　聖也くんは今度はしゃにむに私の乳房にむしゃぶりつき、乳首を吸い搾り、とうとう全身が快感のるつぼと化してしまいました。

　と、次の瞬間、聖也くんが急に動きを止め、真剣な目で私の顔を見つめてきて、こう言いました。

「希子さん、これが僕の真剣な想いです。受け止めてください！」

そして、腰をぐいっと突き出すと、彼のペニスが私の肉ビラを引き裂き、熱くぬらついた肉芯を貫いてきたのです。

「あ、あ、あああああっ、あ～～～～っ！」

股間の中心で炸裂した快感の火花が、次々と全身の性感帯に引火していくように、ますます巨大なエクスタシーの波が雪崩を打って押し寄せてきました。

「あひっ、んはぁあっ、んひぃ～～っ！」

性器の大きさも、性戯のテクニックも主人と比べて大差ないはずなのに、やはり聖也くんの私に対する想いの熱さ、激しさゆえでしょうか……私はかつてないほどの悦楽の昂ぶりに、ただただ驚愕し、頭のてっぺんからつま先まで悶絶しまくるばかりでした。

「あああっ、ああん、ひうぅ……くはぁ、はひぃ……！」

「はぁはぁはぁ、希子さん……希子さんの中に、僕の想いの丈、いっぱいいっぱい出してもいいですか？」

切羽詰まったようなその問いかけに、私は返事をする代わりにひしと彼の体をきつく抱きしめ、最後の爆発を促しました。

「ああっ、イク……希子さん、僕……イキますっ……！」

「ああん、私も、私ももう……あああああああっ！」

全身を大きく震わせるようにして聖也くんが私の中に精を炸裂させ、私もそれを貪るように呑み込みながら、燃え上がるようなオーガズムの頂点に達していました。彼がしぼみかかったペニスを引き抜くと、驚くくらい大量の精液が溢れ、流れ出し、ソファを無残に汚していきました。

「あ……すみません、お店のソファ、こんなにして……」

「ふふ、大丈夫よ。今月末振り込まれる最後の給料から、クリーニング代天引きしておくから」

「え……っ」

「冗談よ」

私たちはお互いに顔を見合わせて笑い、この上ない幸福感を噛みしめたのです。

■下半身から押し寄せてくる快感のバイブレーションも激しくうなぎ上りで……

だれでもトイレでのエキサイティングな快感に驚愕！

投稿者 岩清水瑠香（仮名）／23歳／販売員

私、地元駅ナカのショッピングエリアで、若い女の子向け雑貨店の販売員をやってるんですけど、ここの店長（二十六歳）とできちゃってます。

実は私、十八歳でデキちゃった婚して、実家のお母さんに子供の面倒を見てもらいつつ働いてるんですけど、言っちゃえばもう結婚歴五年の、まあまあベテラン人妻っていうわけで、この若さにして、今二十四歳の左官屋見習いのダンナと早くも倦怠期になっちゃってるんです。

そんな不満をランチ休憩の時、店長にポロっとこぼしちゃったら、

「そーなんだー、そりゃつまんないね～。じゃあさ、よかったら俺とたまに遊ばない？　俺、こう見えてもけっこう遊んでるから、刺激的な遊び方、いろいろ知ってるぜ」

って言われて。まあ、こう見えてもって、そんなふうにしか見えないっていうツッ

コミはさておき、それから、私と店長はちょくちょくエッチな遊びをするようになっちゃったってわけなんです。

たとえば、先月プレイの場所に選んだのは、駅ビル内にある『だれでもトイレ』。そう、あの車椅子の人なんかでも使える広めの個室トイレ。

「えーっ、そんなのダメだよ～！　そんなとこでやったら本当に必要としてる人に迷惑じゃん！」

って、だれでもトイレでエッチしようって言ってきた店長に文句言ったんだけど、大丈夫、さっさと済ませれば迷惑かかんないからって……さっさとって、いいんだか悪いんだか、ねえ？

結局店長に押し切られる形で、誰にも見られていない時を見計らって、二人でこっそり、だれでもトイレに滑り込んだんです。

蓋を下ろした便座に腰かけた店長の前にひざまずいて、私はズボンとパンツを下ろしてフェラを始めました。個室トイレとはいえ、すぐ近くはたくさんの人が行き来する混雑エリアなので、そんなざわめきが聞こえてきて、なんだか落ち着かない反面、妙な緊張感が興奮を煽ってくるようで、いつの間にか私のフェラにも熱が入ってしまいました。

「おおっ、瑠香ちゃん、なんだかいつもよりすげぇ……そんなふうに亀頭を激しくねぶられたら……ああっ、くうっ、き、きもちいい～……」

ジュブジュブ、ヌチュヌチュという、自分が立てているしゃぶり音に混じって、店長のそんなヨガリ声が聞こえてくると、ますますスケベなテンションが上がってきてしまいました。

「ああん、なんだか私もすごく欲しくなってきちゃったぁ！」

私はたまらずそう言うと、自分でストッキングとパンティをずり下ろして、私の唾液とガマン汁でテラテラと濡れている、店長の勃起チ○ポに向かって腰を沈めていきました。

ツプツプヌプ、ジュップ……私の蕩けきったマ○コはさも美味しそうにチ○ポを呑み込んでいき、そのミチミチとした肉感を味わいながら、私は向かい合った店長の肩に両手を置いて、全身をユッサユッサと振り立て始めました。一振り、二振りするたびに私のマ○コをえぐるチ○ポの深度が増していき、快感度がアップしていきます。

「ああん、はぁはぁ、ふあぁんっ、ああ、いいっ……」

「ああ……俺もいいよぉ、ほんと、今日の瑠香ちゃん、動きのキレも感度もサイコー！」

すっごく気持ちいい……そう実感しながら陶酔感を楽しんでいた私でしたが、このだれでもトイレでのエッチの醍醐味がやってきたのは、そのあとからでした。

「すいませーん、女子トイレがいっぱいで、そろそろ出てくれませんかぁ？　ねえ、お願いしますー！」

個室のドアを強めにノックする音とともに、外から中年女性の呼びかける声が聞こえてきたんです。

「ヤ、ヤバッ……！」

はっとして腕時計を見ると、私たちがここに立てこもってから、すでに十五分近くが経っています。確かにそろそろリミットかもしれません。

「て、店長、もう出ようよぉ！」

私はすっかり動転してしまってそう言ったんだけど、店長ときたら平然としたもので、ニヤリと笑うと、

「ふふ、あの人にはちょっと申し訳ないけど、本番はこれからなんだなー。さあ、クライマックスを楽しもうぜ」

と言い、下からの突き上げをがぜん激しくしてきたんです。

「え、ちょ、ちょっと何言って……？」

ますます動転してしまった私でしたが、外から、

「早く〜っ、ねぇ、お願いだから〜っ……」

という切羽詰まった中年女性の声が大きく聞こえてくると、なんだかその追い詰められた感じが、無性にエキサイティングに感じられてきたんです。

「ちょっと〜……何してんのよ〜？」

「はぁはぁはぁ、ああ、瑠香ちゃぁん！」

「あふん、あっ、あっ、て……店長〜っ！」

店長のチ〇ポもますます大きくなったように感じられて、下半身から押し寄せてくる快感のバイブレーションも激しくうなぎ上りです。エッチでこんなに興奮したのって、生まれて初めてかも？

「おねがい〜、もう出てきてぇ〜……！」

「ああっ、イ、イキそう……はうぅ……」

「うう、瑠香ちゃん、俺も……くうっ……」

ドンドンドンドン！　ドアを叩く音が一段と大きくなったその瞬間、

「あっ、ダメ……イ……ク……ッ！」

「うぐっ、んくうっ……！」

店長はビクビクと体を震わせて私の中に精を噴出させ、私もそれをングングと受け止めながら、フィニッシュしていました。

そして、先に一般の女子トイレのほうが空いたらしく、いつの間にかあの中年女性の声は聞こえなくなっていて、私と店長は恐る恐る外の様子を窺いながら、逃げ出すように、どこでもトイレをあとにしました。

もちろん、はた迷惑な行為なのはわかってるんだけど、あの信じられない興奮は一生忘れられないでしょう。

それからも、身近なあちらこちらで、店長とのスリリングなエッチを楽しみまくってる私なんです。

■舅の腰のピストン運動は一段と早く激しくなり、私は全身をガクガクと大きく……

亡き姑の身代わりとなって心痛の舅に身を捧げた私！

投稿者 森川明代（仮名）／32歳／専業主婦

離れて暮らしている義両親はとてもいい人たちで夫婦仲もよく、私にとって理想の存在でした。

ところがある日、姑が交通事故で急死してしまったんです。

愛妻を亡くした舅の嘆き悲しみようは、それは大変なものでした。

でも、時間が解決してくれるのを待つしかない……私と夫はちょくちょく電話をして、一人残された舅の様子を窺いながら、ただ見守るしかありませんでした。

そんなある日、福祉関係の書類の件で舅の印鑑が必要になり、ことは急ぐということで、夫に頼まれて私が急遽お使いに行くことになりました。

「ついでにオヤジの様子を見てきてくれよ。電話だと、なんだかちょっとおかしなこともあったし……少し心配だ」

「うん、わかった。夜の九時には帰れると思うから」

ということで、私は電車で二時間半かかる舅の住む実家に、日帰りで赴くことになったのです。

ちょうどお昼頃に向こうに着き、舅が玄関で私を出迎えてくれました。

「ああ、明代さん、暑いのにご苦労様だね。さ、上がって上がって」

私はどことっておかしなところのない舅の様子に一安心し、居間に上がると出してもらった冷たい麦茶をいただきながら、件の書類を取り出し印鑑をもらいました。

その用事自体はものの五分で済んだのですが、さすがに、はいそれじゃあこれでと帰るわけにもいきません。

私はしばらく舅と、当たり障りのない話をしました。

でもやはり、どうしてもいつしか亡くなった姑の話になってしまって……。

「お義母さん、ほんとにやさしくて素敵な人でしたねぇ」

「ああ、ほんとに最高の妻だったよ……ううっ、和江……うぐっ、なんで、なんで私を置いて先に……ぐぅ、あううう……」

ほんの一瞬で、舅の様子が豹変してしまいました。

やはり、姑に先立たれたショックと悲しみはまだ癒えておらず、不安定な精神状態だったのです。私は慌てて舅をなだめにかかりました。

「お義父さん、大丈夫ですか？　リラックスして……ね？」

　畳に突っ伏してむせび泣く舅の背中に手を置いて、そう声をかけながら撫でさすっていた私でしたが、いきなりガバッと起き上がった舅に抱き着かれ、押し倒されてしまいました。

「えっ……お、お義父さん、な、何を……っ⁉」

「ああ、和江、和江……戻って来てくれたんだね？　嬉しいよぉ……」

　どうやら舅は錯乱状態にあり、私のことを姑と思い込んでしまっているようでした。

「ちがいます、私、嫁の明代です！　お義母さんじゃありません！」

「ああ、和江、和江、和江ぇ……！」

　私は必死で舅を押しとどめ、正気に戻させようとしたのですが、私にとりすがるその異常なまでの興奮状態を収めることはできず、思いのほか強い力で抱きすくめられるばかりでした。舅は今六十二歳ですが、若い頃柔道に打ち込んだというその頑健さは伊達ではなかったようです。とにかく、がっしりと押さえ込まれて、身動きがとれないのです。

「ああ、和江……ほんとにおまえのオッパイはきれいだなぁ、白くて張りがあって、その辺の若い女になんか負けてないぞ、ううっ……」

舅はそう言うと、なんと私のノースリーブのブラウスのボタンをひきちぎるようにして胸元を大きく広げると、ブラを押しのけるようにずらし上げて、汗ばんだ乳房に吸いついてきたんです。

「ああっ、ダメ、ダメです……お義父さん！　私、お義母さんじゃありません！」

「和江、何を恥ずかしがっているんだ？　おまえ、こうされるのが大好きだったじゃないか……」

舅は私の言葉などまったく耳に入らないようで、妙に淫靡な声でそう言うと、カリッと乳首を嚙んできました。

「あひっ……ひ、ひああっ……」

私はその苦痛に思わず悲鳴を上げてしまいましたが、甘い吸いつきと交互に訪れるその刺激がだんだん心地よくなってきてしまい、声にも甘ったるい響きが混じってくるのが、自分でもわかりました。

もう舅は完全に私を姑と思い込み、夫婦の愛情の行為をますますエスカレートさせていくのです。

「ほ～ら、乳首がこんなに硬く尖ってきたよ。ああ、本当に可愛い……世界で一番可愛い女だよ、おまえは」

錯乱状態にあるとはいえ、心から愛情のこもった舅の言葉を聞いていると、だんだん私の気持ちの中にも変化が生じてきました。この熱く純粋な舅の想いを尊重してあげたい……それで、舅の魂が癒されるなら、と強く思ってしまったのです。

私は、自分が姑になったつもりで応えていました。

「ああ、あなた、嬉しいわ……あなたこそ、世界で一番素敵な男性よ」

と言い、舅のズボンの股間をまさぐると、その年齢のわりにはかなりたくましく勃起したペニスを取り出し、握り込み、柔らかくしごいてあげたのです。

「おお、和江……和江……」

舅はさも気持ちよさげにそう喘ぐと、今度は私のスカートをめくり上げて、ショーツを引き下ろしてヴァギナに直接触れてきました。夏ということでストッキングは穿いておらず、核心に迫るのになんの苦労もありませんでした。

舅の指は私のクリトリスをクニクニとこね回し、その固い肉豆がほぐれてきて汁気を帯び、性器全体が分泌された愛液で濡れそぼってくると、みっしりとした肉襞を掻き鳴らすようにして愛撫を加えてきました。

「ああ、あなたぁ……感じるわぁ、とっても素敵よぉ……」

私はそう喘ぎながら、舅のペニスをしごく手をさらに強めていきました。それに応じるかのように、私の手のひらの中で肉の幹はビクビクとうねり、太さを増していきます。

「おまえのここもこんなにしとどにヨガり泣いて……私のこれが欲しくてたまらないんだね。さあ、入れてあげるよ、心の準備はいいかい？」

「ええ、あなた、私のここへ……奥の奥まで入れて……！」

私はいつの間にか、姑になったつもりというよりも、ただの快楽に悶える一人の女になって、挿入を懇願していました。

私のパンティを完全に脱がし、自らも下半身を剥き出しにした舅は、一つ大きく深く息をすると、腰元に全身のエネルギーを集めるかのように力感を込め、深々とペニスを私のヴァギナに沈めてきました。

「ああ、和江、和江……いいかい？　感じるかい？」

「ええ、ええ……とっても感じるわ、あなた……きもちよすぎておかしくなっちゃいそうよ……」

演技ではなく、ごく自然にそんな言葉が口をついて出て、私は舅の腰に両脚を巻きつけて、もっと強く、もっと深くというように締め上げていました。

「ううっ、和江、そんなにしたら私ももう……ああっ、で、出そうだ……」

「ああ、あなた、いいのよ、出していいのよ……熱いのいっぱい、私の中に出してぇ！」

そんな私の言葉に煽られるかのように舅の腰のピストン運動は一段と早く激しくなり、私は全身をガクガクと大きく揺さぶられました。

「ああ、いい……いくわ、あなた、私、いっちゃいますぅ……！」

「和江、和江、和江ぇ……うぐっ！」

私と舅はほぼ同時にクライマックスに達し、二人の精液と愛液が混じり合った淫らな液体が、べっとりと畳を濡らしていました。

不思議なことに、事後、この間の舅の記憶はきれいさっぱり消え去っているようでした。でもそれとは逆に、私の肉体の奥深くにはこの思いがけない悦楽の爪痕がしっかりと残されてしまったのです。

その日、帰ってきた私に夫が、

「オヤジの様子、どうだった？」

と聞き、私は、

「う〜ん、まだちょっと心配なとこがあるかなぁ。私、これからもちょくちょく様子を見に行ってみるつもりだから安心して」

と答えていました。

「ありがとう。心やさしいお嫁さんで本当に助かるよ」

という夫の言葉に、ちょっとうしろめたさを感じてしまいましたけれども、再びお義父さんのところを訪ねることを想像すると、思わずカラダの芯のところが疼いてしまう私なのです。

■恭平くんはさらに爪先で乳首を軽く弾くようにして、ほのかな痛みの刺激も加えて……

コンプレックスだった微乳を愛される女としての悦び！

投稿者 八十島君代（仮名）／28歳／パート

私、昔から胸がないのがコンプレックスだったんですが、そんな私でも好きだと言ってくれた主人と結婚し、それなりに幸せな夫婦生活を送っていました。

でも、なんだか最近になって巨乳好きに宗旨替えしてしまったようで……休日に一緒に買い物に行ったりしていても、胸の大きい女性を見かけると、気づかれるんじゃないかとハラハラするくらいガン見する始末。夜もまったく私のカラダには触れてくれなくなり、その代わりにどうやら〝巨乳系風俗〟みたいなところに行って発散しているようなんです。

私はすごく悲しくなってしまいました。

やっぱりペチャパイな私が悪いんだ。

男の人は皆、胸の大きい女が好きなんだからしょうがない。

そんなふうに自分を卑下し、あきらめてしまっていたんです。

でも、パート先の本屋で知り合った男性アルバイトのおかげで、そんな灰色がかった私の世界が、いきなり晴れやかなピンク色に変わったんです。

彼は恭平くんといって、二十五歳で小説家志望のインテリ青年でした。縁なしの眼鏡がよく似合う知的イケメンです。

その彼がある日、落ち込んでいる私を飲みに誘ってくれて、私は少し酔った勢いもあって、例の悩みを打ち明けてしまったんです。

すると彼は言いました。

「僕は君代さんみたいな、その……少し控えめな胸の女性が好きだな。なんていうか、世の胸の大きい女性がこれみよがしにひけらかしてるのに反して、おくゆかしくてけなげっていうか……そのいじらしい感じが逆にキュンとしちゃうな」

そんなこと、生まれて初めて言われた私は、もうすごく嬉しくて、思わず泣いてしまったんです。ずっと女として否定され続けてきたのが、ようやく認められたみたいな気がして……。

恭平くんは、頬を伝う私の涙を指で拭ってくれながら、

「僕に君代さんのことを……愛させてほしいな」

と甘く囁き、もちろん私はコクコクと何度もうなずいていました。

そして、私たちはホテルへ行きました。その日は金曜で、どうせ主人は最近の恒例で巨乳系風俗に行って、帰りは真夜中です。

私は、いつの間にか癖になってしまった、胸を両手で隠す格好でベッドに横たわりました。

そんな私に対して恭平くんは、やさしく口づけしながら手をどけさせてきました。

そして、やさしく微笑むと、

「ああ、君代さんの胸、本当に素敵だ。白い肌に柔らかな胸の曲線が美しく映えて……ものすごくエロチックですよ」

と言いながら、チロチロと舌で乳首の突起を転がしてくれました。

正直、恭平さんの褒め言葉はよくわかりませんでしたが、それでもやっぱり喜びがこみ上げてきて、私は昂ぶるエモーションによって余計に増長された、彼の愛撫がもたらす快感に、たまらず身をのけ反らせていました。

「ああん、恭平くん……嬉しい……あふぅ、あう……」

恭平くんはさらに爪先で乳首を軽く弾くようにして、ほのかな痛みの刺激も加えてきて、私はその絶妙な波状攻撃に、ますます身悶えしてしまうんです。

「ほうら、だんだん白い乳房が薄ピンク色に変わってきた。乳首もツンツンに立って、もうちぎれんばかりだ。巨乳バカの女にはない感度のよさだよ」

「ああん、はうぅ……」

恭平くんは、私の両方の乳首を指先でコリコリと弄びながら、だんだんと口づけを下のほうに下ろしていきました。彼の繊細な唇が、艶めかしい舌が、お腹からおへそへ、下腹へ、そしてもっと下へと下りていき、とうとう敏感なワレメをとらえました。クリトリスがついばまれ、濡れた肉の襞を舌が掻き回し、さらに奥のほうを深くえぐってきます。

「あ、ああ……うふううん……」

私の快感の喘ぎはさらに高まり、無意識のうちに恭平くんの下半身を探り、もう十分硬く大きくなっている肉棒を握り込むと、しごき立てながら引っ張り、早くオマ〇コに入れてと、無言で懇願していました。

ズブリ……恭平くんのペニスが、私の中に入ってきました。

「んんっ……んああっ……」

「ああ、君代さんの中、とっても熱くてきつい……僕のをギュウギュウ締めつけてくるよ……君代さん、君代さん……！」

次第に荒くなる息とともに恭平くんの腰の律動は早く激しくなり、私の肉体をこれ

でもかと打ちすえてきます。見る見る快感の波動は大きくなり、巨大なエクスタシーの塊がこみ上げてきて……、

「あうっ……もうダメ……恭平くん、私、イクッ……！」

絶頂の嵐が襲いかかり、半歩遅れて恭平くんの若いほとばしりが注ぎ込まれるのを感じ取ることができました。

この日以来、月に一度くらいの頻度で恭平くんとの逢瀬を愉しむようになりました。女として認められ、愛される喜びに満ちた今の日々、本当に幸せです。

■四方からいやらしくて硬い昂ぶりでグリグリと圧迫されると、なんだかもう体中が……

なんと四対一！　集団痴漢の怒濤のエクスタシーに溺れて

投稿者　湯川春美（仮名）／26歳／OL

学生時代とか、通学の電車の中で痴漢に遭うことなんかしょっちゅうだったけど、とにかくあんなにすごいのは初めて！

その日、寝坊しちゃって、まだ寝てるダンナを置いて家を飛び出した私は、五分ほど走って汗だくになって最寄り駅に着いたところで、はたと慌てすぎてブラジャーを着けてこなかったことに気づいた有様。

あちゃ～と思ったけど、今さら着けに帰るわけにもいかないし、まあいいや、とやってきた満員電車に飛び乗ってた。

ふ～っ、これでなんとか遅刻せずにすむ、と運よくドア脇の隅っこスペースに収まって一息ついていた私だったんだけど、なんだかカラダのあちこちに変な違和感を感じて、えっ、何これ？　って。

胸のところ、お尻、股間、太腿……と、いわゆる性感帯的なところがムズムズ、ゴソゴソ……これ、絶対触られてるって。

恐る恐る顔を上げて辺りを見回すと、私は四人のスーツ姿の男性に取り囲まれてた。皆、そろってけっこう背が高くて、私の姿は周囲の他の乗客から完全にシャットアウト状態。

四人とも、ニヤニヤしながら私のことを見下ろしてる。

もう私、怖くなっちゃって、声も出せず、身じろぎもできなかった。

四人の痴漢に囲まれちゃうなんて……！

中の一人がスーツの上から私の胸を揉んで、その意外な感触に「おやっ？」みたいな顔をして、次の瞬間、おもいっきりいやらしい笑みを浮かべると、途端に激しく揉みしだいてきた。このノーブラのドスケベ女め、みたいな感じで。

ちがうの～、これは誤解なの～……と、いくら心の中で説明したところで、当然向こうに伝わるわけもなく、私は痴漢を期待して満員電車に乗ってきた淫乱女の烙印を押されちゃったみたい。

四人はアイコンタクトで以心伝心といった感じで、いきなり一斉に痴漢行為をエスカレートさせてきた。

スーツのスカートのウエストのところ、後ろのほうと前のほうの両方に手がこじ入れられて、布地の下でわがもの顔で蠢きだした。

パンティ越しにグニュグニュと尻たぶが鷲掴まれ、揉み回され、アナルの辺りを擦り立てられて……そして前方では、パンティの内側に潜り込んだ手が股間のワレメを指先でいじくり、クチュクチュと抜き差ししてくる。

（ああ……こんなの……もう立ってられない……）

足腰が脱力してきて立っていられなくなっても、四人の体でがっしりと支えられて、崩れ落ちることもできない。

さっきまで太腿をさすってた相手が胸のほうにターゲットを替え、最初の人と一緒に左右の乳房を分担して責め立ててくる。

服の布地越しとはいっても、なにしろノーブラなもので、その刺激はけっこうビンビンに私の性感を震わせてしまう。

（んあぁ……ああ、おかしくなっちゃうぅ……）

と、皆が私をそれぞれ責めながら、体をぐっと密着させてきて、各自の股間を衣服越しにこすりつけるようにしてきた。四方からいやらしくて硬い昂ぶりでグリグリと圧迫されると、なんだかもう体中がカーッと熱を持ってきちゃうみたいで、いったん引いたと思った汗が、また全身から噴き出してきちゃった。

そしたら、中の一人が、私の首筋を伝う汗をベロリと舐め上げてきて……その感触がますます私の興奮に火をつけちゃうみたいだった。

（ああ……ん、いいっ……）

思わず声が出そうになっちゃったけど、必死に抑え込んだ。でも、電車の走行音や人声のざわめきに混じって、信じられない音が……！

クチュ、ヌチュ、グチュ……なんと指でいじられてむせび泣く、私のアソコの淫らなシズル音が聞こえてくるじゃない！　周りの音で、他の人に聞こえることはないと思うけど、満員電車の中でアソコを鳴らしてる私っていったい……。

自分のカラダのスケベさに、もういやんなっちゃう感じ？

当然、すぐ近くで密着してる四人の痴漢連中にその音が聞こえないわけはなく、ますます興奮に拍車がかかっちゃったみたい。

四人の手と指の動き、そして私のカラダにこすりつけられる硬いアレの圧力が急激にパワーアップして、体中を責め苛んでくる！

（んんっ、んはっ……んくぅ……！）

強いお酒を飲んで全身にアルコールが駆け巡るみたいに快感に支配され、私は頭の中が真っ白になってしまった。

気がつくと、いつの間にか後ろの指もパンティをこじ開けて内側に滑り込み、アナルに深々と侵入してきて、私は前と後ろの穴を同時にえぐられてしまってた。

これはたまらない！

私は相手の一人のスーツの上着を噛みしめて声を押し殺し、怒濤の勢いで襲いかかってくるエクスタシーの嵐に身を任せてた。

（あああああっ……もうダメ……限界……！）

次の瞬間、私はあられもなくイキ果て、彼らにぐったりと身をもたせかけて失神状態に陥ってた。

その状態から通常に立ち直って会社に行くのはちょっと大変だったけど、今思い出してもアソコが疼いちゃうほど興奮しちゃうこの集団痴漢体験、当分忘れられそうにないなあ。

■目の前でミタケさんの性器が赤くテラテラと熟し、ひくついて……

まさかのレズビアン枕営業の快楽に淫らに陶酔して！

投稿者 中森美香子（仮名）／33歳／保険外交員

私、保険の外交をやっているんですが、この間、こんなことがありました。

その月の営業ノルマ達成がピンチで、あちこちのツテを使って契約してくれそうなお客さんを探していたんですが、ようやく、とある高校で先生をしている女性が興味を示しているという話を聞き、勇んで訪問することにしたんです。

彼女はミタケさんといって、歳は四十歳。独身で、駅前の一等地のマンションに一人住まいをしていました。

アポがとれた日曜日の昼下がり、私は彼女の元を訪ねました。

ミタケさんは歓待してくれて、お茶とケーキを出してくれました。

お、これはかなり脈ありね……そう踏んで、がぜん張り切っていろいろと商品の説明を始めた私でしたが、それを制して彼女は言いました。

「わかったわ。あなたが勧めるもの、なんでも入ってあげる。ただし、私のお願いを聞いてくれたらね」

はあ、お願い……？

私が一瞬きょとんとしていると、彼女は対面のソファから立ち上がって、私の隣りに移動してきたんです。

そして何をするかと思えば、なんと私の顔を自分のほうに向かせて、唇にキスしてきたんです。

「あ、あの……ちょっと……？」

私は慌てて彼女を押し離して、抗ったのですが、それに対して彼女は、

「これが私のお願い。私、昔から女にしか興味がなくて……あなた、すごく好みだから、一度私と愛し合ってくれるんなら、契約してあげてもいいわよ」

と言って、じっと私の目を見つめてきたんです。

彼女はレズビアンの女教師だったんです。

私は突然突きつけられた交換条件に、一瞬葛藤しました。

もちろん、女同士で愛し合うなんて経験は私にはありません。正直気持ち悪いとさえ思います。でも、この要望に応えれば、大きな契約を取ることができる……！

結果、私はミタケさんの交換条件を受け入れることにしたんです。

女同士なら、ギリギリ夫を裏切ることにもならないわよね？　ごめん、あなた！　そう心の中で夫に手を合わせながら。

私から承諾の返答を得たミタケさんは、あらためてキスをしてきました。今度は彼女の舌が私の唇を割って滑り込み、さっきよりも数倍濃厚なものでした。ルロルロと私の舌に絡みつき、ジュルジュルと唾液を啜り上げて、口唇愛撫を繰り出してきます。

「んあ……んぐぷぅ……」

溢れ出してくる大量の唾液にたまらなくなって声を上げると、ミタケさんは目を淫靡にらんらんと輝かせて、こう言いました。

「キスだけでこんなに感じちゃうなんて、あなた、レズの素養があるわよ」

まさかと思いましたが、でも、最初あった女同士の嫌悪感もいつの間にか消え去ってしまっていて、今はむしろ、次に彼女が何をしてくれるのか、楽しみになっている自分がいました。

「さあ、お互い、生まれたままの姿になりましょう」

ミタケさんはそう言うと、自ら服を脱ぎだし、私にもそうするよう促しました。もう魅入られたように全裸になってしまいました。

「ああ、大きくてきれいなオッパイ……とっても美味しそう」

ミタケさんはそう甘く囁きながら、私の乳房を撫でさすり、揉みしだき、レロレロと乳首を中心に舐め回してきました。その絶妙な舌さばきときたら……！

「ああ、ああん、はうぅ……」

私は思わず喜悦の喘ぎを漏らしながら身悶えし、手を回した彼女の背中に爪を立ててしまいました。

「あいた……っ！　ふふ、でも嬉しいわ、そんなにヨガってくれるなんて。ねえ、私のオッパイも舐めて」

ミタケさんにそう乞われ、私もたどたどしく彼女の乳首を吸いました。

（ああ、女性の乳首ってこんなに柔らかくて甘いんだ……）

私は淫靡な驚きを覚えながら、一生懸命彼女の乳房を愛し続けたんです。

「ううっ、そうよ、いいわ、その感じ……」

ミタケさんもそう喘ぎながら、今度は体をずらしていって、二人シックスナインの体勢になりました。目の前でミタケさんの性器が赤くテラテラと熟し、ひくついています。私はもう何の抵抗もなく、それにむしゃぶりついていました。

するとと、彼女のほうも私の性器を責め立ててくれて、絶妙の快感が送り込まれてきました。

「ンんんっ……んぐぅっ……はぁっ！」

際限なく高まっていく快感に煽られるままに、お互いの口唇愛戯の勢いは増していき、二人の分泌した愛液のせいで、体中ベトベトになってしまうくらいでした。

「ああ、きもちいいっ……じゃあ、今度はこうよ……」

ミタケさんのリードで、私たちはお互いの足を交差させるようにして性器を密着させました。そして二人激しく動いて、そのえも言われぬ淫らな密着感と交合感を愉しんだのです。

「あひっ……くぅっ、き、きもちいいっ！」

「ああ、私もよ……すごく感じるわぁ……」

ますます昂ぶっていくエクスタシーの中、とうとう二人ともイッてしまいました。

でもその後も、二時間近くに渡って私たちはエンドレスな快感の桃源郷をさまよったのでした。女同士の性愛って、なんてすごいものなんでしょう？

そしてお互いにたっぷりと満足したあとで、私は約束どおりミタケさんの契約を取って、彼女のマンションをあとにしたのです。

今やすっかり女同士の快感のすばらしさに目覚めてしまった私は、しっかりとミタケさんと次に会う約束を取り結んでいました。

■向こうの喘ぎ声がさらに対抗心じみた私の欲望を煽り、さらに高まり……

夫婦交換エクスタシーで果てしなく淫らに濡れ悶えて！

投稿者 木島律子（仮名）／29歳／パート

私が住んでいるアパートは二階建てで、全六世帯が入ったこじんまりとしたところなのですが、同じ二階に仲のいい恵子さんという主婦友がいます。

お互いのパートの休みが合った日などに、お茶したりショッピングに行ったりと楽しくつき合っているのですが、いつも話していてお互いに意見が合うのは、自分たちの欲求不満具合についてでした。

「ほんと、最近ダンナがかまってくれないの～」

「うちももう半年以上、手も触れてくれないわ～」

という感じ。

でも、かと言ってダンナたちに浮気しているような様子はなさそうだし、やっぱり単に倦怠期なだけかしら……というのが、私たちの結論でした。

そんなある日、恵子さんがこんなことを言い出したんです。

「ねえ、一度、お互いのダンナを交換してみない？　相手が替われば、新しい刺激で活性化されるんじゃないかと思うんだ。どこの馬の骨とも知れない女だとイヤだけど、相手が律子さんだったら、私もそんなに抵抗がないし……」

　なんと夫婦交換……スワッピングの提案でした。

「ね、一度ダンナさんに話してみてよ」

　引き気味な私に対して、恵子さんはかなりノリノリで、私は仕方なく夫に提案してみることにしました。まあ、どうせダメだろうけど……。

　と思いきや、夫ときたら、

「それ、賛成！　恵子さんってなんだか妙に色っぽくて、俺、前からいいなあって思ってたんだ。やろうよ、スワッピング！」

　と、二つ返事でＯＫして、もう喜んでいいやら怒っていいやら、複雑な気分。

　でも、恵子さんのダンナ様もＯＫということで、そこから話はとんとん拍子に進んで、ある日曜日、とうとう私と恵子さん夫婦とのスワッピングが実現することになってしまったんです。

　恵子さんのご主人のスグルさんとは実は一度も会ったことがなかったのですが、その日、スワッピングの舞台であるホテルで初めて会って、私は驚いてしまいました。

確か三十六歳ということでしたが、まだ二十代だというのに体がたるみ始めているうちの夫よりも引き締まっていて、細マッチョで若々しいイケメンだったのです。

「律子さん、初めまして。いやあ、恵子に聞いていた以上にきれいな人ですね。今日はよろしくお願いします」

「は、はい、こちらこそ……」

ダブルベッド二つ分の大きさのある巨大ベッドのあっちとこっちで、それぞれのパートナーを入れ替えた夫婦の営みが始まりました。

「あ～ん、武彦さん（うちの夫の名です）のって、大きいのね～……ステキ～」

向こうのほうから恵子さんの弾んだ声が聞こえてきます。そう、夫は確かにモノは大きいのです。でも、それに甘えるあまり、エッチに工夫をしようという気持ちがないのが不満なところ……でも、相手が恵子さんなら、また少しは違うのかしら？　などと私が半分気もそぞろになっていると、

「律子さん、あっちが気になりますか？　せっかくなんだから、こっちはこっちで目いっぱい楽しみましょうよ、ね？」

と、スグルさんが少しふれくされたような声音で言いながら、私の首筋にキスをしてきました。

「あ、すみません……そうですよね、こっちはこっちで楽しまなきゃ！」

私はそう気持ちを入れ替えて、スグルさんとのプレイに集中しようと努めました。

スグルさんの舌が私の舌を絡めとり、たっぷりと唾液を啜り上げたあと、そのまま大きなナメクジが這ったような淫らに光る航跡を喉から鎖骨にかけて残しながら、私の乳首に絡みつき、チュウチュウ、しゃぶしゃぶと舐め吸ってきました。

「ああん……んひぃ……んはっ……」

その別の生き物のように妖しく蠢く舌戯は、夫からはまったく期待できないもので、私の性感はその新鮮な快感に大いに煽り立てられてしまいました。

「ああ、律子さんのオッパイ、とっても柔らかくて弾力があって、最高の食感ですよ……乳首も甘くて美味しい……」

そのセリフまで甘美な催淫剤となって、私はスグルさんによってメロメロ状態に追い込まれていきました。見ると、いつの間にか彼の股間のモノもたくましく立ち上がってきています。

「ああん、私にもスグルさんの舐めさせてぇ……」

私は彼を横たわらせると、その股間に取りつき、カチカチになったモノを両手で支え持ってしゃぶり始めました。亀頭から裏筋、そして玉の袋に至るまで、ダラダラに唾液を絡ませながら舐め尽くしてあげたんです。

「ううっ、律子さん、すごいテクニックです……清純そうなあなたがこんなことするなんて……そのギャップが余計に感じちゃいます」

それから私たちはシックスナインの体勢に移行して、お互いの性器を思う存分舐め合い、味わいました。

向こうを見ると、もう前戯を終えて挿入本番に入るようです。

こちらも負けてはいられません。

向こうが正乗位なら、こっちは……と、私はスグルさんの上に跨って騎乗位で彼のモノをアソコで咥え込んでいました。大きさは夫ほどではありませんが、夫がしてくれる以上の前戯段階でかなり昂ぶっていたこともあって、充分快感度の高い挿入感を感じることができました。

「あぁっ、スグルさん、すごい……奥まできてるわぁ……」

「うう、律子さんの中も熱くてヌメヌメして……たまらないですぅ……」

私は盛んに腰を振り立て、より貪欲に快感を搾り取ろうとしました。

「ひぃっ、大きいっ、私のオマ〇コ壊れちゃう……ひあぁぁっ！」

「ああ、いいよ、恵子さん、うう……締まるぅ……」

向こうの喘ぎ声がさらに対抗心じみた私の欲望を煽り、さらに高まり、際限のないスケべな無限スパイラルが生まれてしまったかのようでした。

でもついに、

「ああっ、ダメだ……もう出るっ……！」

「ああん、恵子もイッちゃうぅ～っ！」

「ううっ、律子さん、ああ、うぐっ……イク……」

「ひああっ、スグルさん、スグルさん、あああ～～～っ！」

四者四様のクライマックスの雄たけびが部屋中に響き渡り、とうとう皆一様に達してしまっていました。

結果的にこの試みは大成功！　これがいい刺激となって、双方の夫婦関係がそれなりにまた復活したのでした。

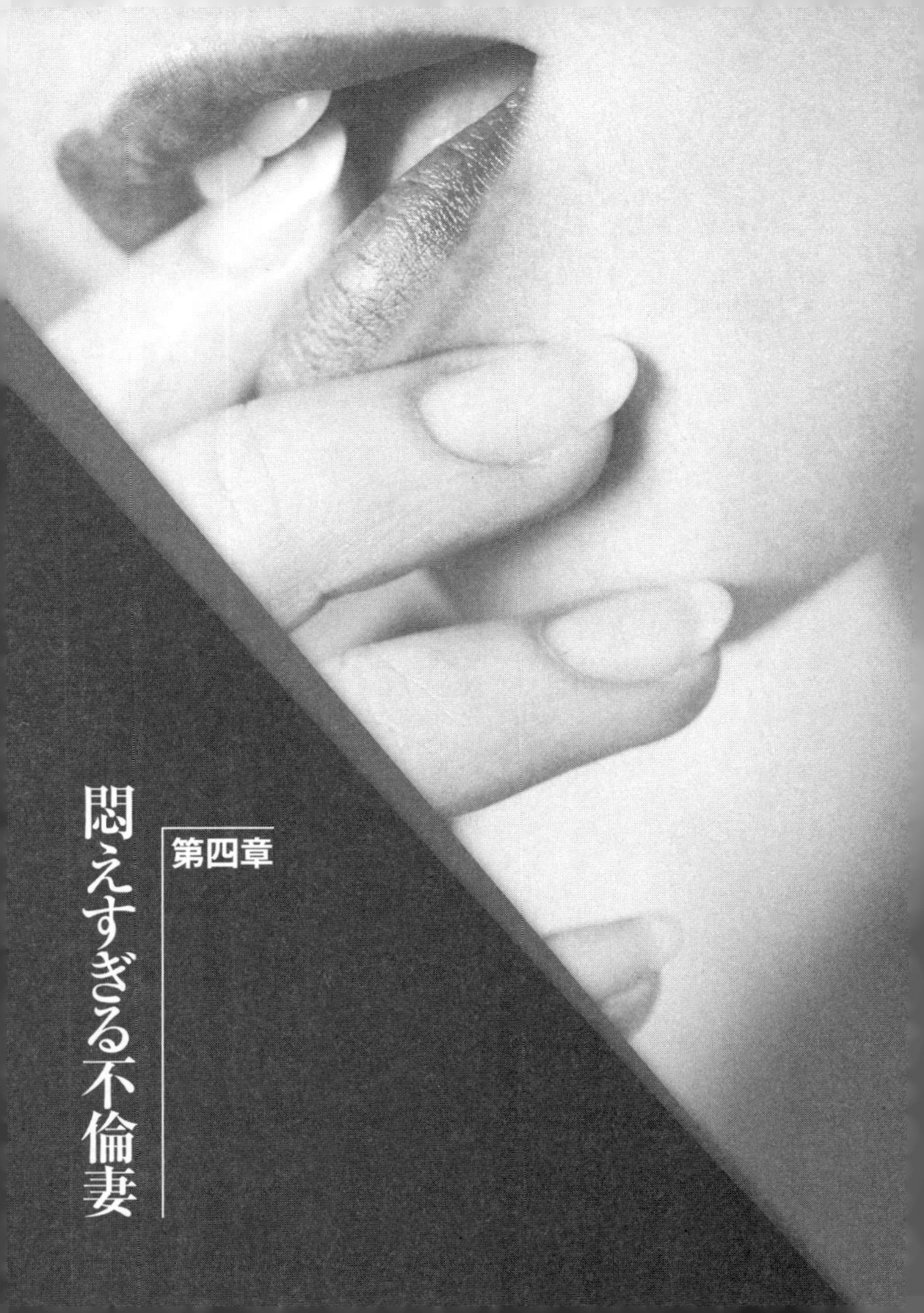

第四章

悶えすぎる不倫妻

■Aさんは私の股間とアナルの上でひき肉をこねくり回し、その一部がズニュズニュと……

世にも淫らなドロドログチャグチャ料理教室プレイ！

投稿者　畑山麻美（仮名）／28歳／料理研究家

私、こう見えてちょっと人気のある料理研究家で、特に、自分で言うのもなんだけど、けっこう可愛いもので、男性人気が高いんです。四つ年上の夫は個人で貿易商をしており、しょっちゅう世界中を飛び回る生活ということもあって、ほとんどほっとかれてる私は、好きなことをやらせてもらってるんです。

おもな活動は月に三～四回の割合で開いている若い女性向けの料理教室なんですが、その他にヒミツのイベントも月イチくらいで催してて、こっちが、応募倍率なんと十倍という、隠れた人気を誇ってるんです。

ついこの間もやりました。

『第四回　麻美の美味しいいただき方』！

これは、参加者は男性限定で定員は三人。参加費は一人五万円。

私の匿名のフェイスブックで参加者を募ってやってるんですが、この高額な参加費でも、参加したいという男性は引きも切らないんです。

場所は都内の某レンタル・キッチンスタジオ。最新式のキッチンシステムと、ありとあらゆる食材が準備されています。

でも、お察しのとおり、料理なんて作りません。

イベントの名前どおり、テーマはいかにこの私を美味しく楽しめるか、なので。

今回の参加者は、Sさん（三十六歳）、Nさん（四十歳）、Aさん（四十二歳）の三人で、皆さん、それなりに社会的地位のある、ちゃんとした方々ばかりです。

イベント開催に先立ち、キッチンスタジオの床一面に隙間なくビニールシートが敷かれ、ちょっとやそっとでは汚れないように万端の準備がなされます。

「皆さん、今回はよくお集まりいただきました。皆さんのセンスとアイデアで、私をとことん味わい尽くしてくださいね。それでは始めましょう！」

と、私の開会の言葉とともに、イベントがスタートします。

あ、言い忘れましたけど、この会にはドレスコードがあります。

男性は全員ビキニパンツ一丁、私も黒の上下のビキニだけです。え、そんなのドレスコードとは言わないって？　えへへ……。

私は超巨大なキッチンテーブルの上に横たわります。

そこへ、三人の男性がめいめいの得物を手ににじり寄ってきます。

Sさんは生クリーム、Nさんはハチミツ、Aさんはひき肉です。

Sさんが生クリームを私の右の乳房に、Nさんがハチミツを左の乳房に塗りたくってきました。フワフワ、ベタベタ……異なる感触が私の肌を覆っていき、その甘ったるい匂いが鼻孔をくすぐってきます。

Aさんはというと、たっぷりのひき肉を私の股間からアナルのほうへと塗りたくっていき、その冷たい感触がヒンヤリと伝わってきます。

Sさんが生クリームを塗った私の乳首をネロネロと舐め回し、ハチミツをベタベタと塗った乳首をねぶり回すNさんの舌の蠢きとともに、えも言われぬ粘着感に満ちた心地よさを送り込んできます。

「あ……ああ……っ……」

いつしか生クリームとハチミツが混ざり合い、蕩け合い、より濃厚に甘みを増した感触が私の肌上をヌルヌル、ヌチャヌチャと這い回って、私を甘美な陶酔感が包んでいきます。

「はぁ……美味しい、美味しいよ、生クリームの食感と麻美先生の肌質が合わさって、絶妙のエロ美味しさだ……」

「こっちのハチミツも最高だよ！　麻美先生の汗の酸っぱい香りと作用し合って、とってもエロ爽やかなテイストになって……うまい！」

　二人の舌で上半身を隅々まで舐め回されて、もうトロトロに蕩けていく感じ……と、そこへ、Aさんのひき肉攻撃が、これまた独特の感触を持って絡み合い、私の性感を弄んできます。

「ううっ……生臭い、でもそれがまた、えも言われずエロいィッ！」

　Aさんはそう言いながら、私の股間とアナルの上でひき肉をこねくり回し、その一部がズニュズニュと入り込んで、ネッチャ、ニッチャとまるで私の淫肉の一部を使ってハンバーグのたねを作っているような感覚が襲いかかってくるんです。

「はァァ……なんだかすごいぃ……私のお肉がこねくり回されてるみたいぃ……」

「ああ、麻美先生のお肉のハンバーグ、食べたいなあ！」

　Aさんのひと際大きな興奮の声と同時に、今度はSさんが太いすりこぎを取り出して、私の乳首を押しつぶすようにグリグリと当ててきました。さっきまでとは一味違う強烈な刺激が私を翻弄してきます。

「あん、ひいぃ、痛い……でも、気持ちいいッ！」

「はぁはぁ……じゃあ、私はこれだっ！」

Sさんに対抗するかのように、次にNさんが泡だて器を取り出し、それを手首を利かせてひねり回し、クリクリと乳首を弾くように責めてきました。

生クリームとハチミツとがぐちゃぐちゃに混ざり合った妖しげな感触の中、すりこぎと泡だて器によって乳首をさんざん責め苛まれた私は、腰を跳ね上げてヨガリ悶えてしまいました。

「麻美先生、もういっぱいいっぱいなんじゃないの？　それじゃあそろそろお待ちかねのものをあげようね」

というAさんの声がして、肉襞の間にひき肉が埋め込まれた私の股間に、ズブズブと異物が入ってくるのがわかりました。家畜と私の肉が混然一体となった肉割れに、また別の肉の棒が押し入ってくる感覚は、もうどうしようもなく蠱惑的で、未体験の快感がメラメラと立ち上ってきました。

「あひぃ……すごい、すご……こんなの、こんなの初めてぇ……んぐっ！」

私の口はNさんのいきり立った肉棒でふさがれ、知らぬ間にSさんの肉棒を手に摑まされていました。

Nさんの肉棒は、生クリームとハチミツとNさんの分泌したガマン汁がないまぜになった味がして、その淫靡なテイストに煽られた私は、これまたヌルヌルにまみれた

Sさんの肉棒をちぎれんばかりの勢いでしごき立てて……。

「んあぁっ……んひっ、ぐひぃ……んはぁっ！」

「ああっ、麻美先生、もう、もう私もごちそうさまだぁ……っ」

激しいピストンの高まりの末、Aさんがそう叫んでひき肉まみれの私の中に精を放つと、ほぼ同時にSさんとNさんも私の手と口で果て、精液をまき散らしていました。

私ももちろんイッていましたが、その後、三人に入れ代わり立ち代わり責め立てられ、何度イッてしまったかわかりません。

もう私もお腹いっぱい、床はさまざまなものにまみれ、汚れ、ドロドロ状態でした。

自分も参加してみたいと思ったあなた、競争率は高いですが、五万円を支払う価値は十分あると思いますよ？

■兄の舌が私のアソコをとらえ、肉のヒダヒダをしゃぶり回し、奥のほうを掻き回す……

愛する兄への積年の想いを遂げた禁断のインモラル快感

投稿者 日下部桐子(仮名)/31歳/専業主婦

私には一つ年上の兄がいるのですが、密かにずっと愛していました。

でももちろん、そんなことを口に出すこともできず、いつしか兄は結婚、私も遅れること二年、その悲しみを振り払うかのように、嫁ぎました。

それから五年が経ちました。

なんと兄が離婚したという知らせがあったのです。

原因は子供ができなかったことで、こっそり耳にしたところでは、兄の男性不妊が原因とのことでした。

「向こうはまだ二十六歳だ。できそこないの俺なんかとは別れて、誰か別の男と一緒になって子供を作って、幸せになったほうがいいんだ」

少し自嘲気味に言って笑う兄でしたが、もともと気持ちのやさしい人で、きっと奥さんのほうにも悪いところはあったはずなのに、そんなことは一言も言わないのです。

とにかく、兄が離婚して今はもう誰のものでもなくなった。

再び、一度は無理やり消し去った兄への想いが、私の中で再燃しました。

兄に抱かれたい。この想いを遂げたい。

その願いは日増しに強くなり、ある日私は、ついにある計画を実行したのでした。

私は家に兄を招待しました。夫が兄と飲みたがっていると言って。

でも、それはウソでした。その日、夫は出張で家にはおらず、それを見込んだうえでの家への招待でした。

「それにしても、幸一くん、遅いねぇ。突然の残業なんて大変だ」

兄は私のウソを真に受け、私が注ぐお酒を口にしながら、そう言いました。

「うん、ごめんね、こっちが呼んどいてさ」

「いやいや、世の中、そういうこともあるって！」

兄が言うと重みがあるなって思いながら、私は次々と兄にお酌していきました。

でも、かなり酔ってきたところで、兄がついに言いました。

「じゃあ、俺、今日はもう帰るよ。だいぶ遅いしな。幸一くんには、また次の機会にって言っといてくれよ。じゃあな、ごちどうさん」

そして、ちょっと足をふらつかせながら玄関へと向かおうとしたのですが、私はそこで、いきなり後ろから抱き着いて、押しとどめました。

「待って、お兄ちゃん、行かないで！」

「お、おい、何やって……あっ、危ないっ！」

私たちはもつれ合うように、その場に崩れ落ちました。

ここでも兄は、酔っていながら咄嗟の機転で、私を庇うように体を回転させて倒れ、私のクッション代わりに下敷きになりました。

私はそのまま上からのしかかるように、兄に口づけしていました。とまどう兄の唇をこじ開けるようにして、舌を滑り込ませて口中を舐め回します。

「んぐっ……こら、桐子、へんな冗談はやめろ……おい、やめろって……！」

「いや、桐子、お兄ちゃんのこと、ずっと好きだったの！　ね、お願い、抱いてっ！」

一瞬、兄は私の突然の思いがけない告白に固まりましたが、気を取り直して言いました。

「何バカなこと言って……こんなこと、許されるわけないだろ？」

「誰に許してもらわなくたってかまわない！　私がお兄ちゃんのこと好きなのは、ただ私だけの気持ちだもの！　本当に、本当に大好きなの！」

私が、真正面から目を見据えてそう言うと、ようやく兄もその想いの真剣さを認めたようでした。

「おまえ、そんなにまで俺のことを……」

「うん。それに、こんなこと言って気を悪くしたらゴメンだけど、お兄ちゃん、子供ができない体質なんだよね？　だったら、私とこうしても、最悪なことにはならないよね？　ちがう？」

「………」

さまざまな葛藤がよぎったようでしたが、少し後、兄の表情がふっと軽くやさしくなり、こう言いました。

「そうだな、まかりまちがっても子供はできない。だったら、桐子の想いに応えてあげるのも、いいかな……」

「お兄ちゃん……！」

私は嬉しさのあまり一声叫ぶと、あらためて兄にとりすがり、激しく口づけしました。今度は兄も応えて、私の舌に自分の舌を絡めて吸い返してくれます。

だらだらと唾液を溢れさせながら、私たちはお互いの顔を貪り合いました。

「ああ、桐子……」

兄は下になりながら、私のブラウスのボタンを外し始めました。前がはだけて、ブラが覗くと、それを鼻づらでこじ開けるようにして上側にずらし上げ、ポロリとこぼれ出た私の自慢のGカップの胸に食らいついてきました。乳房全体をタプタプと食み、ムニュムニュと両手で揉みしだきながら、ジュルジュルと乳首を吸い上げてきます。

「あああん、お兄ちゃぁん……ああ、感じるぅ……」

私は念願の一瞬の到来に陶然となりながら、こちらも兄の服をむしり取るようにして胸を露出させて、その男性らしい小粒の乳首を舐め回しました。

「んんっ……ふぅ、くふぅ……」

兄の甘ったるい喘ぎ声に気をよくした私は、そのまま兄のズボンを脱がすと、パンツの中から取り出したペニスを咥え込み、貪るようにしゃぶり立てました。またたく間に大きく勃起してくると、今度はそれをしごき上げ、玉袋をチュルリと口中に呑み込んで、舌でクニュクニュと転がしながら全体を愛してあげました。

「ああ、桐子……そ、そんな……す、すごすぎる……」

兄のペニスは私の愛撫に悶え喘ぐようにビクビクと蠢き、先端からはダラダラと先走り液が溢れ出していました。

「桐子のも舐めさせて……一緒に舐め合おう」

兄の言葉に、私は望むところとばかりに体を起こして回すと、シックスナインの体勢で兄と絡み合いました。

兄の舌が私のアソコをとらえ、肉のヒダヒダをしゃぶり回し、奥のほうを掻き回すようにえぐり立ててきます。

「ひあっ、お兄ちゃん、ああ、ああん、気持ちいいよぉ……」

「はぁはぁはぁ……桐子、桐子、桐子ぉ……」

ズチャヌチャ、グチョヌチョ、ズルズル……と、お互いの性器が世にも淫らな鳴き声を上げ、もうどうしようもなく興奮が高まってきました。

「お兄ちゃん、お願い、もう……もう入れてぇ、お兄ちゃんのチ○ポ、桐子のマ○コに思いっきり突き刺してぇ！」

「ああ、入れるよ、思いっきり入れて、思いっきり出してやるぞぉ！」

「ああん、お兄ちゃん、嬉しいっ！」

私に覆いかぶさった兄は、奥のほうまで深々と挿入してきました。はちきれんばかりに膨らんだ亀頭が、子宮の壁をノックしてきます。

「ああ、お兄ちゃん、すごいよ、奥まできてるぅ……」

「くうっ……桐子の中、狭い……あう、くうぅ……」

私の腰が砕けんばかりの勢いで兄のピストンが胎内を貫き、私の全身をガクガクと震わせ、快感の嵐を巻き起こします。

「ううっ……桐子、いいかい、もう、もう……出すよ？」

「はぁっ、いいよ、お兄ちゃん、もう、もうきてぇ……！」

「うくぅ……イ……クッ……！」

「あはぁん、私も……イク……イッちゃうぅ……！」

二人ほぼ同時にクライマックスに達し、私は愛しい兄の精液をたっぷりと胎内に飲み下していました。

その後、兄は新しい女性と出会い、今また結婚を前提につきあっているようです。相手の女性は特別子供は望んでいないということです。

積年の想いを遂げることのできた私は、今はただ素直に兄の次なる幸せを願わずにはいられません。

■彼の勢いに押されるままに私は椅子から床に引き倒され、着崩された喪服の上に……

夫の通夜の席をあられもない快感で淫らに染めあげて

投稿者　赤羽由加里（仮名）／33歳／専業主婦

昨年、病を発症した夫が亡くなりました。

私は喪主として夫を見送ることになり、葬祭場で通夜が執り行われました。

喪服に身を包み、訪れる弔問客に頭を下げる私でしたが、実はその間、夫の死に際しての悲しみの気持ちはほとんどありませんでした。

もう何年も夫は外に女を作り、そのことを隠そうともせず、私のことをないがしろにしてきたからです。

「つまらないマグロ女のおまえと違って、小百合は何でもしてくれるんだ。ケツの穴だって舐めてくれるんだぞ。お嬢様育ちのおまえにはできない芸当だろ」

「ほんと、いくら腰を振り立てても、おまえはなんだか頼りなく呻くだけで、そんなリアクションじゃあ、ヤリ甲斐がないってもんだ」

享年五十二歳、一代で成り上がって三つの会社を経営していた夫は、ほぼ政略結婚のような形で妻にした私のことを、そうやって侮蔑し続け、でも、彼に事業的に大いに助けてもらっていた私の実家の手前、ただ耐え忍び続けるしかなく……だから、莫大な財産を残して逝った夫に対して、せいせいこそすれ、悲しいなどとはこれっぽっちも思わなかったのです。

そして、これからのことを思い、心躍ることも。

今、私と同じ施主側の立場で弔問客たちに頭を下げている、義弟の一馬さん。四十七歳の彼は兄である夫が持つ会社のうちの一つで、専務職に就いています。いわば私とは逆で、数年前に奥さんを事故で亡くしているのですが、実はこの二年、私と彼は秘密の関係を持ち、逢瀬を重ねていたのです。

「由加里さん、あんな最低の兄貴でごめんね。あなたみたいに素敵な人をこんなに辱めて……俺には理解できないよ」

そう言って、いつも謝りながら抱いてくれる彼でしたが、その間だけは、私も日々の結婚生活の苦痛を忘れ、一馬さんと交わす純粋な男と女の悦びに酔いしれることができたのです。

夫が死んだ今、今後、彼と再婚することも不可能ではなくなりました。現実問題としては、それなりに大きかった夫の事業を引き継ぐあれこれの兼ね合い、問題のために、そう易々とはいかないでしょうが、遠からず必ず……と思うだけで、私の心は言いようのない昂ぶりに包まれるのです。

そしてひととおり、弔問客も落ち着き、夫の遺体を収めた棺桶を中心に、たくさんの花と供物で飾られた斎場は、ひっそりと静まり返っていました。

時刻は夜中の二時。

私は棺桶の脇に据えられた折り畳み椅子に一人座り、やはり数多くの弔問客への対応で疲れていたのでしょう、少しうとうとしていました。

すると、何かが唇に触れる感触を感じたのです。

え、と思って目を開けると、そこにいたのは一馬さんで、私に口づけをしていたのです。その顔には、やさしい笑みが浮かんでいました。

「一馬さん……」

「由加里さん、やっと二人きりになれたね」

一部照明が落としてある気持ち薄暗い斎場の中、一馬さんの目が食い入るように私を見つめてきました。

「ちょっと、いくらなんでも不謹慎だわ、お通夜の席でこんな……」

私が棺桶を横目で見やりつつそう言うと、彼はふっと笑って、

「いいんだよ、あんなサイテー兄貴！　いっそ見せつけてやればいいんだ！　実はさ、由加里さんの喪服姿がもう色っぽすぎて、俺もうたまらないんだ」

そう言って、より濃厚に唇を重ねてきました。

さんざん唇を吸ったあと、彼の舌が私の口中に滑り込んできて、私の舌に絡みついてきます。いつの間にか私もそれに応えるように舌を蠢かせ、もつれ合った二人の舌から滴るように、大量の唾液が互いの口からこぼれ落ちていきました。

「はあっ……だめ、やっぱりここでこんなこと……ね、一馬さん、また日を改めて……ね？」

私はどうにか自分を鎮めてそう言って彼を押しとどめようとしたのですが、一馬さんの興奮は収まることはなく、

「はぁはぁ……だめだ、もうどうにも止まんないよ！　今すぐ、由加里さんのことが抱きたいんだ！　今ここで、兄貴の目の前で！」

そう言いながら、私の喪服の襟元に手を突っ込んで強引にこじ開け、黒い生地とは対照的に真っ白な胸元を露出させようとしてきました。そして、ぎゅうぎゅうに帯で締めつけられた私のふくよかな胸の谷間が現れると、むしゃぶりつくように顔を埋めてきたのです。

「あっ……一馬さん、だめだって……んあっ……」

「由加里さん、由加里さん……！」

今やただの一匹の牡犬と化した一馬さんを、もうどうにも止めることはできませんでした。彼の勢いに押されるままに私は椅子から床に引き倒され、着崩された喪服の上にのしかかられ、引き剝かれていったのです。

とうとう乳房が露出してしまいました。

喪服の黒と肌の白と、乳首のピンクと……えも言われぬコントラストが、自分でもたまらなくエロチックに感じました。そして、その乳首を吸われながら、喪服の裾が割り開かれ、これまた白い太腿の上を彼の手が滑ってくるのが感じられました。

そのまま上へ……太腿の根元、下着をつけていない股間に近づいてきます。

その頃には、さっきまでかろうじてあった私の理性も自制心も吹き飛び、私は全身で一馬さんのことを欲していました。アソコだって恥ずかしいくらいに濡れてるのが自分でわかります。だから、そこへとうとう一馬さんの手が達し、ヌルヌルの裂け目に指が入り込んできた時の快感といったら……！

「ああっ、一馬さん……あはぁ……！」

「由加里さん、ああ、こんなにぐちゃぐちゃにして……由加里さんも俺のが欲しくてたまらないんだね？　いくよ、入れるよ！」

　その声とともに、あの私の大好きな彼の太いペニスの感触がアソコに押し入ってきました。私は悶絶し、全身を反り返らせて感じていました。そう、大嫌いな夫に対してはマグロだったけど、愛する一馬さんに対しては、ちゃんと全身で応えられるんです。女ってそういうものなのです。

　彼の腰の律動が激しさを増していき、ぐんぐん、私の性感も高まっていきました。そしてクライマックスの瞬間、黒い喪服に一馬さんの白い精液をぶっかけられながら、私の視界の端に夫の棺桶が映りました。それがまた、言い知れぬ興奮を呼んだかのように、私はいつにも増して感じまくってしまったのです。

　翌日、私は喪主として、最後まで告別式をやり遂げました。

　いかにも悲しみを装った表情の下に、一馬さんとのめくるめくこれからを想像して膨らむばかりの悦びを隠しながら……。

■グチョグチョに濡れたアソコが淫らにヒクつき、早く、早くチ○ポを入れてと……

ヒミツの中国四千年エッチで人生最高の昇天を味わって

投稿者　島岡千里子（仮名）／26歳／アルバイト

ダンナの稼ぎもいいので、ほんとは余裕で専業主婦してられるんだけど、あまりに毎日ヒマすぎて……そんな時、ちょうど近所のちょっと小ぎれいな中華料理屋でアルバイトを募集してたんで、ちょっとやってみることにしました。

そこは前から上品な味で美味しいという評判で、私とダンナも月に二～三回は行っていて、おかげで中国人の店主・陳さんとも顔なじみで、あっさり採用されたっていう感じです。

基本、そこは陳さんと奥さんの二人で切り盛りしてたんですが、奥さんがちょっと厄介な病気にかかってしまい、その治療のためにこれから半年の間、平日のほぼ毎日、隣り町にある病院に通わなければならなくなり、店を空ける昼間の五時間のピンチヒッターを求めていたんです。

陳さんはもう日本に来て十年以上になるので日本語も不自由なく、親切だし、私はとても快適に働くことができました。

そして何より、昼に作ってくれるまかない食がとにかく美味しくて！

私は毎日、働きに行くのが楽しくて仕方ありませんでした。

ところが、だんだん陳さんの様子がおかしくなってきて……なんだか私を見る目がギラギラしてケダモノみたいっていうか……とにかく、尋常ではない様子を見せるようになってきちゃったんです。

でも、それが言葉や行動に現れるようなことはなかったので、私は極力気にしないようにして、やりすごそうと思うようになりました。

そんなある日の午後二時過ぎ頃、いつもなら仕事の合間を縫ってとっているまかない食を、今日はそんなに忙しくないからと、店を閉めて一時間の休憩をとった上で食べようと、陳さんが言い出したんです。

まあ、落ち着いて食べられること自体は私も歓迎なので拒否する理由もないのですが、それって閉めた店の中で完全に陳さんと私の二人きりになるわけで、例のこともあるし、やっぱりちょっと不安を感じさせるものではありました。

「今日は特別美味しいの、作ってあげるね」

陳さんは中華鍋を軽やかに振りながら言い、その言葉どおり、ものすごく美味しそうな香りが店中に立ち込めてきました。私ったら、さっきまでの不安感なんてどこへやら、途端にお腹がめちゃくちゃ空いてきて、ワクワクし始めちゃいました。

そして二人向かい合ってテーブルに着いて食べ始めたんですが（実際めちゃくちゃ美味しかったです）、なぜだか陳さんは食べようとしません。

（こんなに美味しいのになんで？）と、一瞬私は不審に思いましたが、とにかく美味しい料理に舌鼓を打つのに一生懸命で、そのまま食べ続けたんです。

すると、料理の半分ほどを食べ進めたくらいだったでしょうか、なんだか自分の体に妙な違和感を感じ始めてきたんです。

喉が渇き、体中がカーッと熱くなって火照ってきて、乳首の先端がズキズキと痛いくらいに疼き出し……そして、女の一番大事な部分が何かを求めるようにヒクつき、ムラムラと昂ぶってきてしまったんです！

（えっ、な、なにこれ？　私のカラダ、変すぎるっ！）

ふと気づくと、陳さんが私の動揺する様子を愉しむように、いやに淫靡な笑みを浮かべながら、こっちを見つめていました。

（えっ、何、陳さん、その全部お見通しな表情……ひょっとして、料理の中に何か入れた？）

と、私の心の問いかけに答えるかのように陳さんが手をこちらに伸ばし、いきなりTシャツとエプロンの上から、私の胸を触ってきました。

その瞬間でした。

恐ろしいほどの衝撃が乳首からほとばしり全身を貫き、さらにそれが股間へと伝わって、私の敏感なヒダヒダ一本一本を震わせ、掻きむしるような感覚を覚え……自分でもわかるくらい大量の愛液がどっと溢れ出し、大洪水状態になってしまったんです。

そして同時に、私は男が……目の前にいる陳さんが欲しくて仕方なくなってしまっていました。グチョグチョに濡れたアソコが淫らにヒクつき、早く、早くチ〇ポを入れて！　と泣き叫んで懇願しているようです。

私は上気し、潤んだ目で陳さんを見つめ、自分では抑えようのない欲望の衝動に急き立てられるままに、彼にしなだれかかっていました。

「おお、やっぱり中国四千年の歴史の媚薬は効果抜群ね！　千里子さん、アタシのチン〇ン入れてほしかったら、自分で服を脱いでアソコをいじりながら、チン〇ン舐めるね。じゃないと入れてあげないね」

ちょっと意地悪く言う陳さんでしたが、もう私が躊躇することは一瞬たりともありませんでした。言われたとおり全裸になり、座っている彼の足元にひざまずくと、もどかしさを感じながらズボンを下ろし、すでに半立ち状態のチ○ポを取り出し、片手で自分のアソコをグジュグジュといじりながら、一心不乱にフェラチオを始めました。

不思議なことに、自分でいじればいじるほど、ますますチ○ポへの欲求は高まり、自然に舐めしゃぶる行為に力が入ってしまいます。

「はぐぅ……んぐんぐ、んじゅぶぅ……んぬぷぅ……」

「はあぁ、千里子さん、とってもいいよ！　もうアタシのもビンビンだ……千里子さんも、もうガマンできないんじゃない？」

「ぷはぁっ……はぁ、ガマンできない……早く、早く陳さんのチン○ン入れて！　私のこのいやらしいマ○コに思いっきり深く突っ込んでぇ！」

「はいはい、わかった、わかった……じゃあ、入れるね！」

陳さんはそう言うと、私を立たせてテーブルに両手をつかせると、お尻をがっしりと掴んで、バックから私の唾液まみれの勃起チ○ポを突き入れてきました。その瞬間、これまでの人生、これまでのセックスで一度も体験したことのないほどの、信じがたい電撃的エクスタシーが襲いかかってきました。それはもう息が止まるかと思うほどの圧倒的インパクトで私の全身を揺さぶり、たくさんの火花が絶え間なく弾けるように、私にエンドレスな快感をもたらしたんです。

「あっ……イクッ！　あう、またイク……あ？　ま、また……はうっ！　ああ、またイクのぉ……もうダメェ、し、死んじゃうぅ～！」

「うおおお、この薬を使うと締まりも抜群ね！　アタシも、うう……アタシももう出ちゃうよぉ……ッ！」

陳さんの爆発的射精を受け止めることで、ようやく私のイキまくり状態も落ち着き、全身から力が抜けていきました。

あとから聞いたところによると、陳さんの奥さんは例の病気のせいで当分の間、性行為を禁じられ、その禁欲状態に耐えられず、料理に混ぜる形で私に秘蔵の媚薬を一服盛って、申し訳ないと思いつつ、今回の犯行（？）に及んでしまったのだそうです。

まあ、とんでもなく気持ちよかったから、よしとしますか？

■吾郎さんはたっぷりと私の乳房とアソコを舐め回したあと、満を持して男根を……

農家の嫁の私がある日見舞われた〝ばい〟の秘密の快感

投稿者　長谷村優衣（仮名）／31歳／農業

私は都会生まれの都会育ちなのですが、大学生の時に旅行先で知り合った今の夫と意気投合し交際し始め、卒業後四年ほどOLをした後、農家をしている夫の実家に嫁ぎました。

夫の実家はF県の山奥にあり、全住民は百人足らず、唯一の公共交通機関は一番近くの町まで四十分かかるバスで、それも一日に二便しかないという……まあ、いわゆる〝限界集落〟に近いものがありますが、食料品や日用雑貨の買える最低限のよろず屋もあり、まあ意外と暮らすのに不自由を感じないところでした。

そこで私はやさしい義父母と愛する夫との四人で農業を営む生活を始めたわけです。

当然、私は農業の「の」の字も知りませんから、最初は苦労の連続で、何度都会の実家に帰りたいと思ったことかわかりませんが、集落の住民の皆に支え助けられながら必死にがんばるうちに、なんとかそれなりに農家の嫁を務められるようになったのです。ただ、普段は親切で陽気な村の男衆たちが時たま向けてくる、私に対する絡みつくような粘っこい視線が、少し気になってはいたのですが……。

その理由を私はその後、いやというほど知ることになるのでした。

ある日、それまで毎日元気に働いていた夫が、トラクターの運転操作を誤り、全治半年という重傷を負ってしまいました。しかも、この集落にまともな病院などあるわけもなく、例のバスで四十分離れた町の病院に入院せざるを得ず、私は夫と離れ離れの生活を余儀なくされてしまったのです。

義父母と私の三人だけの暮らしが始まりました。

「大丈夫やよ、優衣さん。農作業は臨時で学生さんのバイトお願いするから心配せんでも。あと、〝ばい〟があるから、夜も寂しいことはないし」

「え、〝ばい〟って……?」

私は義父が言った〝ばい〟という初めて聞く言葉の意味がわからず、横の義母のほうを見やりましたが、口元にうっすらと笑みを浮かべて下を向くばかりで、何も答えてはくれませんでした。

（ま、いっか。なんかご近所で助け合う互助会みたいなもんだろうし）

私はそんなふうに思うしかありませんでした。

そして、夫が入院してから三日後の夜のことでした。

時刻は夜の十時を回り、農家の夜は早く、義父母はすでに一階の八畳間で床に就いています。

私はお風呂を使ったあと、寝る前のお肌の手入れ等を済ませ、

「あなた、おやすみなさい」

と小さく呟き、一人布団に入りました。

目をつぶって五分ほどが過ぎ、スムーズに眠気を催してきました。

と、何でしょう、何かが足元でごそごそと蠢く気配がしたのです。

（え、な、なに、なんなの？）

私は慌てて布団をめくって足元のほうを見ました。

すると、枕もとの電気スタンドの常夜灯のほのかな明かりの中浮かび上がったのは、なんと隣家のご主人、吾郎さんの顔だったのです。

「ひっ……な、な……いったいここで何やってるんですか⁉」

私はあまりの驚きにうろたえながら、そう詰問したのですが、吾郎さんは平然とした口調で、

「何って……〝ばい〟に来たんじゃろうが。最初はお隣りからって決まってるやし。心配せんでもええよ。やさしく可愛がってやるし」

日々の厳しい農作業で鍛えられたその肉体はハガネのようにたくましく、吾郎さんに抱きすくめられた私は、びくとも動くことができませんでした。

「や、やめないと大声出しますよ！　そしたらすぐにお義父さんたちが……」

「来ないよ。だって〝ばい〟は村の決まり事やから。むしろ、あんたの父ちゃんも母ちゃんもわしに感謝してるくらいや」

もう何を言ってるのかさっぱりわかりませんが、そうこうしているうちにも、私はパジャマを脱がされ、全裸に剝かれてしまっていました。

「あ……だめです、こんな……やめて……」

「大丈夫、大丈夫。すぐに気持ちようなるから」

吾郎さんは私の抗いの声などどこ吹く風、胸を揉みしだきながら、乳首にしゃぶりつき、チュバチュバと吸ってきました。

「んっ……んんん……」

「はぁ……柔らかくていいおっぱいだぁ。肌もしっとりと吸いつくようで……ううん、やっぱ都会生まれのおなごはいいのう……」

たとえ大声を上げなくても、しんと静まり返った中、この声音や物音は絶対に下の義父母にも聞こえているはずです。それなのに一向に気づいて上がってくる気配もない……吾郎さんが言ったとおり、義父母が聞こえないふりをしているのは明らかです。そうなると、もう私にこの状況から逃れる術はありません。

私はすっかりあきらめて、吾郎さんに身を任せるしかありませんでした。

吾郎さんはたっぷりと私の乳房とアソコを舐め回したあと、満を持して男根を挿入してきました。恥ずかしながらもうすでにぐっしょりと濡れそぼっていた私のソコは、なんの抵抗もなくそれを受け入れ、いやむしろ、自分から肉の棒を欲するかのようにミチミチと絡みつき、キュウキュウと締め上げるかのようでした。

「ああっ、あうぅん……ひあぁぁっ……」

「おおう、いい、たまらんなぁ……あんたのオ◯コ、最高やし！　そんなに締め上げられたら、わしもう……ううっ！」

夫のより長さは短いものの、太さはぐっとたくましい吾郎さんの男根に激しく突きまくられ、私はいつの間にか大声を上げながら悶え狂っていました。

「あああっ……ひぃぃっ、あひぃ……！」

「うう……出すぞ、ぶちまけるぞ……！」

「あくぅ……んくぅっ！」

私は吾郎さんの熱いほとばしりを肉穴の奥深くに受け入れ、全身をビクビクとのたうたせながら、イキ果てていました。

「ふぅ……どうや、感じてくれたか？　次は三軒先の明弘が〝ばい〟に来るからな。あいつのモノもそうとう立派だって話やから、楽しみにしとき」

吾郎さんはそう言い残して、いそいそと帰っていきました。

翌朝、農作業に出る前に義父母が事情を説明してくれました。

「よそから嫁いできた優衣さんは知らんかったやろうけど、この村には昔から〝ばい〟ちゅうしきたりがあってな。もちろん〝夜這い〟が縮まったもんや。年頃のダンナが病気やケガで夜の務めが果たせんようになった時、村の男衆が代わりに嫁さんを可愛がってあげるっちゅうわけや。先に言っとかんで悪かったけど、変に恐怖心を持たれるのもいややったから……ごめんな」

なるほど、そういうことなら仕方がありません。

郷に入っては郷に従え。

いったんそう開き直ると、私は夜が楽しみで仕方なくなってしまいました。

が、それから四日後、吾郎さんが言っていたとおり、三軒先の明弘さんに〝ばい〟

された私ですが、実際には明弘さんのアレはそれほど大したことはなく、ちょっとがっかりしてしまったのでした。まあ、その代わり、アソコがふやけてしまうかと思うくらい、たっぷりと舐めてくれたので、それなりには愉しめましたが。

その後、夫が退院してくるまでの半年間、私は集落の現役の男衆およそ二十人から、日々入れ替わり立ち代わり可愛がられ、確かに一人寝の寂しさを感じることはありませんでした。

田舎の助け合いの精神って、本当にすばらしいですね。

■美容師の白衣の上からでも、そのやさしいタッチは敏感に私の乳房の性感を刺激して……

カイカン美容室プレイで頭もアソコもサッパリすっきり？

投稿者 坂下百合香（仮名）／30歳／美容師

私も夫も美容師で、自宅の一階を使って美容室を経営しています。

その日、夫は急な友人の訃報を受け、店を私に任せて、大急ぎで家を出ていきました。まあ、時間ももう夜の七時を回っていたので、もうそれほどお客も来ることはないだろうと、私はのんきに構えていました。

すると、さあそろそろ店を閉めようかな、と考え始めた八時半過ぎに、一人のお客さんが飛び込んできたんです。

それは、馴染客のNさんでした。

「いやあ、今週末に友人の結婚式に出なくちゃならないんだけど、もう今日しか髪切ってる暇がなくて……店じまいしようとしてたとこ悪いけど、カットしてくれない？」

いつもの人なつこい笑顔でそう言われたら、とても断ることなんてできませんでした。だって私……密かにNさんのことが好きだったんですもの。

彼は三十二歳のサラリーマンで、近所のマンションに奥さんと幼稚園児の娘さんの三人で暮らしていました。

うちにはだいたい月に一回のペースで来てくれているんですが、外で出くわしてもいつも明るい笑顔で元気に挨拶してくれて、そんな彼が私の唯一の癒しでした。実は私と夫の間はもうここ半年ばかりすっかり冷めきっていて、ぶっちゃけ仮面夫婦状態。なんだかもう夫に男としての魅力など、少しも感じられなくなっていました。

でも、Nさんの顔を見るとたまらなくときめいちゃって……。

「あ、いらっしゃいませ。ふふ、大丈夫ですよ。他ならぬNさんのためなら、真夜中だってお店開けちゃいますよ！」

「うわぁ、嬉しいこと言ってくれるなぁ。お礼にいつもよりたくさん切っちゃっていいよ！　……なんてね」

こんな軽妙な会話がもう楽しくて楽しくて……私はシャンプー台で頭を洗ってあげたあと、Nさんを席に案内してカットを始めました。

ふと、お店で彼と二人きりになるのは初めてのことだと思い当たりました。いつもはたいてい夫もいましたから。

なんだかそう思うと、妙に意識してしまい胸がドキドキと高鳴ってきました。

（Nさんの横顔、こうやって見ると男らしくてかっこいいなぁ……）

髪を切りながら、そんなことを思っていると、もう自分の中の変な欲求が抑えられなくなってきてしまいました。

私は彼の耳朶にふっと息を吹きかけながら、肩の辺りに自分の胸を押し当てるようにしていました。ふぅ～……ぐりぐり……。

すると、さすがの彼も反応してくれて、私のほうを見上げると、一瞬怪訝そうな顔をしましたが、すぐにふっと笑みを浮かべて、座ったまま私の胸に顔をつけるとまさぐるようにしてきました。

「あ……っ……」

美容師の白衣の上からでも、そのやさしいタッチは敏感に私の乳房の性感を刺激して、上半身が淫らに熱くなってきてしまいました。

彼はそのまま身を起こそうとしましたが、私はそれを制して彼を座らせたまま、座席のリクライニングを倒しました。そして横たわった格好の彼の股間を撫で回し始めたんです。

スラックスの下で、ムクムクと股間の塊が硬く、大きくなってきました。

「はぁ……百合香さん……んん……」

目を閉じてうっとりと喘ぐ彼の声にさらに興奮を刺激されて、ますます昂ぶってきた私は、スラックスのジッパーを下げて彼のチ○ポを取り出し、膝をついてしゃぶり出しました。ひと舐め、ふた舐めするごとに、それはビクビクと震え、さらに勃起度を上げていきます。

「ああ、Nさんのチ○ポ……とってもすてきよ。美味しい……」

私は思いっきり喉の奥まで呑み込み、締め上げるようにしました。

「おおう……すげぇ、すげぇよ、百合香さん……」

彼もそう言って、手を伸ばしてくると、白衣の上から私の胸を揉みしだき出しました。不自然な格好だからこそ、その無理やり感が余計に感じてしまうようです。

「あは……きもちいい……Nさん、私、もうすっごく入れたくなってきちゃった……ねえ、上に乗っかってもいい？」

私はそう言って彼の許可を得ると、下半身裸になって上によじ登り、彼の股間の上に跨りました。

そして、上からニチュニチュとマ○コで彼の勃起チ○ポを咥え込み、奥へ奥へと呑み込んでいったんです。

「ふうぅ……百合香さんのマ○コ、すげぇ、とっても熱くてグチャグチャで、もう俺のチ〇ポ、蕩けそうだよぉ！」

「ああ、Nさん、Nさんっ……私もすっごくいいっ！」

私はもう無我夢中で彼の上で腰を振りまくり、二度、三度とイッてしまいました。

そうするうちに、彼のほうも昇り詰めてきて、私の中で思いっきり精を爆発させたのでした。

「ふう、とってもよかったよ、百合香さん。でも、本当にこんなことしてよかったの？」

股間を拭きながらNさんに尋ねられて、私はこう答えていました。

「いいわけないじゃない。このことを奥さんにしゃべられたくなかったら、また今度、私につきあってね？」

Nさんは苦笑しましたが、まんざらでもなさそうでした。

■私は全身への愛撫の快感に恍惚となりながら、夢中で手を動かし、二本のペニスを……

映画館の暗闇で集団痴漢の餌食にされてしまった私！

投稿者　大橋あき（仮名）／34歳／専業主婦

もう二年ほどつきあってるセフレの仁ちゃんが、ちょっと面白いとこ見つけたから、一緒に行ってみない？　と言うので、ダンナが出張で家を空けている晩に連れていってもらうことにした。

金曜の夜の九時半過ぎ。

連れていかれた先は場末の成人映画館だった。

え～っ、面白いところって今ドキ、ポルノ映画館？　と、文句を言う私に対して仁ちゃんは、いやいや、ここが今すげぇ熱いスポットだってネットじゃもっぱらの評判なんだぜ、と言って、結局押し切られて中に入ることに。

まあ意外と新しくてきれいな建物だったので、そこはちょっとホッとしながら、私たちは明るいロビーから、ドアを開けて劇場の暗闇の中に足を踏み入れた。

するとびっくり！　場末のポルノ映画館という私の中のさびれたイメージとは裏腹

に、そこはたくさんのお客さんで満杯で、座席は言うに及ばず、立ち見客で壁際も鈴なり状態なんだもの。

そして、だんだん暗闇に目が慣れてくると、大勢の男性客に混じって、あちらこちらにぽつぽつと女性客の姿があるのに気づいた。ただし、上映されている映画を見ているのではなく……なんと、周りの男性客たちの手でもみくちゃにされていて……そう、これっていわゆる集団痴漢状態！

さすがの私もビビッてしまって、助けを求めるように仁ちゃんの顔を見たんだけど、彼はニヤニヤと笑うだけ。

すると、壁を背にして立っていた私のお尻を仁ちゃんではない誰かの手がまさぐる感触が……うろたえる私に、仁ちゃんがキスをしてきた。

ね、わかった？　ここってそういうとこなの。女がここに一歩足を踏み入れたが最後、それは私を集団痴漢の獲物にしてくださいって言ってるようなもの。四方八方から伸びてくる手にカラダ中を触りまくられて……イヤだったらすぐに逃げ出せば、さすがに外までは追いかけてこないけど、さあ、どうする？

ねっとりと舌を絡ませながら仁ちゃんにそう言われ、最初はさすがに引き気味だった私も、より刺激的な体験を求める欲求のほうが勝ってきて、自分からより激しく舌を絡ませることで、無言の返事をしてた。

ふふ、そうこなくっちゃ。じゃあ、俺は向こうのほうに行くね。こういうとこでは全然知らない相手とのほうが、ぐっと楽しめるってもんさ。

仁ちゃんはそう言って私から離れて、ちょっと先で上半身を剝かれて乳房を揉みくちゃにされている豊満なカラダの四十がらみの女性のほうへと去っていった。

途端に心細くなってしまった私だったけど、それもほんの一瞬のことだった。

さっきすでにお尻をまさぐっていた手に加えて、さらに二人の手が伸びてきて、私の上半身を弄び始めた。

着ていたブラウスのボタンが丁寧に外されていき、前が大きくはだけられた。続いて現れたブラジャーのカップの隙間に指が差し入れられたかと思うと、器用に上側にずらされていき、私の乳首と下乳が覗く格好にされてしまった。

ああ、まだまだ張りがあってきれいなオッパイだなあ。

うんうん、こんな暗い中でも肌の白さが際立って、すごくエロい。

口々にそう言いながら、私の左右の乳房をいじってくる彼ら。

最近ダンナすら言ってくれない、そんな女としての褒め言葉を浴びながら、下乳を揉みしだかれ、乳首をクリクリと摘まみこねられていると、言いようのない気持ちよさに包み込まれてしまう。

あん、んふぅ、くふぅ……。

ああ、いい声だ。ここじゃみんなが飢えたケモノだ。遠慮なく感じちゃっていいんだよ。ほらほらっ……。

また違う相手が参戦してきたみたいで、四人目の手の感触が私の股間目がけて襲いかかってきた。スカートをたくし上げられ、パンストと下着をずり下げられると、肉襞を割って指が侵入してくるのがわかった。

もうすでにすっかり感じて濡れていたソコは、指が蠢くたびにクチュクチュ、ヌチュヌチュとあられもない音をたて、そんな羞恥にまみれた感覚がさらなる興奮を煽り、性感を高めてしまうようだった。

ああ、はひ、ああうう……。

あ〜あ、濡れすぎて股間から恥ずかしい汁が滴ってるよ。どれどれ、飲んであげようね……ングッ、ンジュブウ……。

今度は肉襞に唇が押しつけられ、舌が中で蠢いて、溢れる愛液を吸い上げられて……相変わらず上から襲いかかってくる乳房への責めと重なり合って、信じられない快感に侵された私は、壁に背中を押しつけて、くずおれないようにするのにもう必死だった。

さあ、これがないとつまんないだろ？　思いっきり握っていいよ。

そうそう、ほら、握って、しごいて！

私は両手にそれぞれペニスを握らされていた。両方ともギンギンに勃起していて、私の手の中で硬くひくつき、脈打っている。

私は全身への愛撫の快感に恍惚となりながら、無我夢中で手を動かし、二本のペニスをしごき立てた。

おお、いいぜ、いい手コキテクだぁ！

はう……お、俺、もう出ちゃいそう……。

あん、はぁっ……はひぃ、くふぅ……！

左右の手の中でペニスが熱く弾け、生温かい液体で濡れるのを感じながら、私は立ったまま、腰をガクガクと震わせながら、イッてしまってた。

本当にクセになりそうな、かつてない刺激に満ちた体験だった。

■初めて味わう粘りつくような快感をさんざん分け合った後、真美が不思議な道具を……

女子独身寮に妖しく響き渡るオンナ同士の快楽の喘ぎ

投稿者 牧野しのぶ（仮名）／26歳／看護師

なんと夫が風疹にかかってしまいました。

夫の勧めもあって、感染の心配がなくなるまで、病院の独身女子寮に住む友人の真美のところに泊めてもらうことになりました。

真美とは看護学校時代からのつきあいで、偶然同じ病院に勤めている今も、何かと助けてくれたり、相談に乗ってくれたりする、本当に頼りになる友人でした。

「しのぶが結婚してからは初めてよね、一緒に泊まるなんて」

「そうね、看護学生時代なんてしょっちゅうだったのにね」

夜、彼女の部屋でお風呂上りに二人、ビールのグラスを傾けながら、そんな話をしてなつかしがっていました。

でも、その時、単にノスタルジーを愉しむだけではない寂しげな感じを真美から受けたような気がしたのですが、それは決して気のせいではありませんでした。

今日は私も真美も夜勤がないということで、お風呂で温まって、ビールでいい気分になって、すっかりほっこりした私たちは床に就くことになりました。

寝入ってしまってから、どれくらい時間が経ったのでしょう。夜中にふと、私は妙な感触を感じて目を覚ましました。

（え、何？　なんか体が……胸の辺りがムズムズする……）

まだほろ酔い気分が抜けていないので、体全体がボーッとしたような感じなのですが、えも言われぬ違和感は明らかです。

隣りで眠っているはずの真美を起こしちゃいけない、と私は電気を点けないまま、暗闇の中で布団をめくって、自分のカラダを見下ろしました。

すると、なんとそこには真美がいて、私のパジャマの前を開けて、ペロペロと胸を舐めていたんです。

「え、ええっ⁉　ちょ、ちょっと、らにやってんの、真美？」

私はもつれる舌でそう言いましたが、真美は何も答えず、ひたすら胸を舐め続けてきます。

「な、なんとか言いなさいよ！　あ、やめれったら……あう」

私の詰問に動じることなく真美は舐め続け、そうしているうちに、私のほうもだんだん妙な感じになってきてしまいました。

乳首がホットに熱を持ち、痛いくらいにジンジンと疼いてきたんです。

「ああ、な、なんなの……こ、これ……んくぅっ……」

まだアルコールが残っている体は思うように動かず、真美のことを押しのけようにもほとんど力が入りません。

そうこうするうちに、じわじわと真美が体を下のほうにずらしていきました。

当然、考えられるのは、今度は私の下半身への攻撃です。

さすがに私も慌てて、真美の顔を摑んで引き上げようとしましたが、もちろん、それに足る力はなく、すると真美が、

「しのぶ、あのね、私、しのぶのことが昔からずっと好きだったの。でも、そんなこと言えるわけないから、ひたすらじっとガマンし続けて……そのうち結婚しちゃったから、ああこれで完全にあきらめられると思ったんだけど、やっぱり心の中でくすぶり続けて……そしたら今回、まさかしのぶと一緒に寝られることになるなんて、これはもう、自分の正直な想いをぶつけろっていう神様からのお告げだって思って！」

いやいや、そんな勝手な……と、真美の言いぐさにあきれながらも、一方で真美の私に対する真剣な想いを突きつけられて、自分の心の中で何かが動くのが感じられま

した。

「だから……だから、今日は私の好きにさせて！」

真美は私のパジャマのズボンを下着ごとずり下ろし、下半身を露出させました。そして、すりすりと私のオマ〇コを唇で撫でていたかと思うと、舌を伸ばしてチロチロとワレメの中を舐め回してきたんです。

「あん……はぁっ、はふぅ……」

私はその愛撫の快感を受け止めながら、真美の気持ちも受け入れてあげようという気持ちになっていました。だって、今の夫はおろか、これまでどんな男性からも、ここまで一生懸命な想いをぶつけられたことなんてなかったのですから。これに応えてあげなきゃ罰が当たるっていうものです。

「ああ、真美……わかったわ、今日だけ、今日だけね？　あなたの想い、受け止めてあげる……」

「ほんと？　ああ、嬉しい……しのぶ、愛してるぅ！」

とうとう私たち二人とも全裸になり、お互いの股間をグチュグチュ、ヌチュヌチュと擦り合わせて、初めて味わう粘りつくような快感をさんざん分け合った後、真美が不思議な道具を取り出してきました。

それは、両端が男性器の形状になった初めて見るもので、真美はその片方を私の股間に突き入れると、もう片方を自分の中に突っ込んだのです。そして、ゆさゆさと体を揺らし始め、その振動が否が応でも私のほうにも伝わってきました。

「あ、あああ……す、すごい……こ、こんなの……ああっ！」

「ああ、これ、女同士用の双頭バイブ……どう、いいでしょ？　今、私たち、深いところで一つになってるんだよ！　ああ、あああん！」

私たちはお互いの両手を取って引っ張り合うようにして、その反動を利用して、より大きく、より深く双方の胎内を快楽がえぐるようにしました。

射精して終わりの男とのセックスとは違って、永遠に終わらないかのような女同士のセックスの快感は、それはもう凄くて……ちょっとハマってしまいそうな自分が怖かったですが、この時以降、真美とは関係を持ってはいません。

まかりまちがって、もしまたやってしまったら……もう二度と女同士の快感の世界から帰ってこれないかもしれません。

■アナルの中に流れ込んだ愛液が、例の器具とともによりお尻の穴の筋肉をほぐして……

入念な準備の末に味わった初めてのアナル快感の悦び！

投稿者　竹野内優香（仮名）／28歳／専業主婦

私、一度でいいから、アナルSEXをしてみたくって。

で、思い切って夫にお願いしてみたんだけど、

「そんな、ウ○コするところに入れられるわけないだろ！」

って、けんもほろろに断られちゃって……。

でも、どうしてもあきらめきれなかった私は、ある主婦仲間に相談したんです。そしたら彼女、たくさんいる中のセフレの一人を紹介してくれました。

「逆に私はアナルなんて絶対にゴメンだけど、彼はいつもしたがってたから、きっと喜んでやってくれるよ」

って言って。

私は喜び勇んで、彼と会うことにしました。

待ち合わせた彼は、三十代半ばくらいの、パッと見マジメなサラリーマンといった

感じの男性でしたが、話をしてみると、アナルＳＥＸの経験はもう五、六人とあるということで、私の期待は高まる一方でした。

ホテルに入ると、彼の〝よりよいアナルＳＥＸをするため〟の指導が始まりました。

「さあ、まずはお腹の中をきれいにしなきゃね」

と言って、彼が取り出してきたのは浣腸でした。

頭ではわかってたけど、なにぶん浣腸なんてするの、小学校低学年の時以来です。ちょっと躊躇する私に向かって、

「やってる最中に大惨事なんてイヤでしょ？　浣腸はちゃんとしなきゃ」

って、にっこり笑って諭すように言ってきました。

この第一関門を突破しなきゃアナルＳＥＸにはたどり着けない……私ははらを決めて、彼に言われるままに四つん這いになりました。

お尻にぐっと浣腸の先端が入ってきて、冷たい液体が流れ込んでくるなんとも言えない感覚が、私の下腹部を満たしてきました。そして、しばらく時間が経つと、お腹がキュルキュルと言い出して……、

「あっ、きたきた……ううう っ……」

私はトイレに駆け込んで……。

さすがにちょっと書けませんが、お腹の中がきれいさっぱりスッキリしたのが自分でもわかりました。

「はい、よくがんばったね」

と言う彼とバスルームに入りました。

彼はシャワーを使って、しっかり丁寧に私のお尻の穴をきれいに洗ってくれました。勢いよく水流を当てながら、アナルに人差し指を突っ込んで、ヌチヌチと掻き回して……最初は違和感しか感じなかったけど、そのうちだんだん、なんとも言えずいい心持ちになってきて、本番への期待が高まってきました。

私もボディシャンプーの泡をタップリ立てて彼のペニスを丁寧に洗ってあげました。大きさはまあ、そこそこという感じ。

「アナルSEXには、このくらいほどほどのほうがちょうどいいんだよ」

彼は言って、私も、それはそうかもと思いました。

そしていよいよベッドへと移動です。

彼は、ある器具を取り出してきて言いました。

「これは、アナルエキスパンダーって言ってね、まあ簡単に言うと、スムーズにペニスを受け入れやすいように、お尻の穴を拡張するためのものなんだ。さあ、これをこうして……」

お尻の穴に異物感を感じたかと思うと、それが中でじわじわと膨らんでくるのがわかりました。

「あ、ああ……なんか、すごいへんなかんじ……」

「ふふ、さあ、こうしながら前のほうを責めてあげると……」

彼はそう言って、同時に私のアソコに愛撫を加えてきました。

胸を揉みしだき、乳首を指で摘まみ転がしながら、肉襞を丁寧に舐めてくれます。

そうすると、それに反応して愛液がジュクジュクと溢れ出し、たらたらとお尻のほうへと流れ伝わっていきました。

「ああ……はぁ……っ……」

アナルの中に流れ込んだ愛液が、例の器具とともに、よりお尻の穴の筋肉を柔らかくほぐしていくようで、私はその未体験のドロドロ感覚に、思わず身をよじらせて悶えてしまいました。

「ふふ、さあ、そろそろいいかもね」

彼はそう言うと、軟膏のようなものを取り出して、それを自分のペニスと、私のアナルの中と周辺にたっぷりと塗り込みました。

「これはワセリン。より滑りをよくするんだ。じゃあ、いよいよ入れるよ？」

彼はアナルなんとかを私の中から抜き取ると、私を四つん這いの格好にさせて、背後に位置取りして、しっかりと尻タブを摑みました。

（あ、いよいよ、くる……）

と思った瞬間、アナルに強烈な異物感が潜り込んできました。

それは、浣腸やアナルなんとかの比ではなく、恐ろしいほどの圧迫感で私の腸壁をこねくり回してくるよう……これまで〝出す〟ことしかしてこなかった部位に、〝入ってくる〟って、こんなに強烈な感覚なんだ……彼のしてくれた入念な準備のおかげなのか、ほとんど痛みは感じることなく、私は今まで味わったことのない、腹の底から揺さぶられるような快感に、ただただ悶え喘ぐのみでした。

「あひぃ……ふあぁ、ひああっ……」

「ううっ、このマ〇コとは比べものにならない締まり具合、たまんないよ！」

「ああん、はうっ……」

次の瞬間、お腹の中で何かが爆発するような感覚がして、続いてドクドクと液体の流入感に襲われ、私も今までとは異なる絶頂感にのたうっていました。

憧れのアナルSEXは、本当にくせになりそうなほどよかったです。

■私はオナニーを続けながら、主任のペニスを咥え込み、一生懸命しゃぶり始め……

恥辱の強制オナニーショーからの超快感脅迫エッチ！

投稿者 佐々木美和子（仮名）／32歳／パート

私は最近、ある若い演歌歌手にハマってしまい、そのおっかけ費用や、グッズの購入のために、それはもうたくさんお金を使ってしまっています。まだまだ無名の彼ですが、なんとか応援してビッグになってもらいたい一心で。

当然、スーパーで働いたお金はほとんどつぎ込んでしまい、今ではア○ムとかにそれなりの借金を抱えてしまっている有様。

そんなわけで魔が差した私は、食費を浮かすために、勤めているスーパーの品物を盗むという、とんでもない行動に走ってしまったんです。

悪いことはできないものです。

その初めてのたった一回の犯行の現場を、売り場主任に見つかってしまったんです。

私は一人、閉店後、事務室に呼びつけられました。

「自分が何をしたかはわかってるよね？」

「は、はい……本当に申し訳ありませんでした……このことは、どうか穏便に……」

詰問された私は、なんとか見逃してもらおうと平身低頭、謝ったのですが、ことはそう簡単にはいきませんでした。

「いや、そう言われてもねえ……最近、一般客の万引きも多いから、特別引き締めていけと店長にも発破をかけられたばかりだし、それを従業員の万引きを見逃すなんて、君も本末転倒だって思うでしょ？」

「は、はあ……」

ああ、これってやっぱり警察に突き出されちゃうの？　そうなったら、ご近所中に知れて、離婚されて……おっかけもできなくなっちゃう！　そんな愚かな私は、

「あの、見逃していただけるんだったらなんでもします！　お願いします！」

その場で床に土下座して必死で懇願していました。

その様子を黙って見ていた主任でしたが、やがて、

「ふうん、なんでも……ね。じゃあ、とりあえず、その机の上でオナニーして見せてよ、大股広げてさ」

と言い、私はその想像だにしなかった言葉に、思わず固まってしまいました。

「え、今なんて……？」

「だ、か、ら、自分でオマ〇コいじって見せろって言ってんの！　イヤだって言うんなら、それはもう警察に電話するまでだ」

警察だけは絶対にイヤだ……ここはもう主任の言うとおりにするしかないと、私は心を決めました。

靴を脱いで机の上に上がると、座っている主任に向かって脚を広げ、自分のパンストとパンティをこじ開けるようにして手を突っ込んで、股間をいじり始めました。

「それじゃあ見えないなあ。ちゃんとパンツ下ろしてよ」

そう言われ仕方なく、私は膝元までずり下げ、オマ〇コが見えるようにしてオナニーを再開しました。クリトリスを指先で摘まんで擦り、ヴァギナを押さえつけるようにして揉み立てます。

「うんうん、いいねぇ、エロいよ……ほら、片手が空いてるよ？　ちゃんとオッパイも自分で揉んでみてよ」

私は言われるがままに、スーパーの制服の前ボタンを外すと、ブラジャーを上側に押しずらして乳房を露出させ、乳首を中心にいじり始めました。

その様子を、限りなく淫靡な表情でじっと見つめてくる主任。

すると、不思議なことに、なんだか体が熱くなって……自分でも興奮してきてしまいました。え、なんで？　無理やりこんなことさせられてるっていうのに……！

私はうろたえました。

でも、そんな気持ちとはかかわりなく、自らの肉体の変化は否定しようがありません。主任にオナニー行為を強制され、その痴態を凝視されることで、興奮し、昂ぶってしまっている自分がいるんです。

「ほう、すごいな……濡れてきたじゃないか。やっぱり前から思ってたとおり、君ってとんでもない淫乱女なんだな。こんな状況だっていうのに……」

「いえ、そんな……ちが……」

「ちがわない！　君はどうしようもない淫乱女だ！　さあ、オナニーしながら、僕のチ○ポをしゃぶらせてくださいってお願いしてみろ！　ほらっ！」

「ああ……主任のオチン○ン、しゃぶらせてくださいっ……」

どうしようもなくそう言うと、彼はにんまりとして立ち上がり、ズボンを下ろし、股間を私の目の前に突き出してきました。

私のオナニーショーを見て昂ぶっていたのでしょう、それはもう九割がた勃起していて、パンパンに膨張した亀頭がつやつやと照り輝いています。

「あ、あああ……」

私はオナニーを続けながら、主任のペニスを咥え込み、一生懸命しゃぶり始めました。唾液が口いっぱいに溢れ出し、ジュルジュルとペニスを濡らしながら、喉元を流れ伝わっていきます。

「あぐぅ……うぐぅ、んじゅぷ、ふぬう、んじゅう……」

「ほら、もっと激しくしゃぶって！　オナニーの手も休めちゃダメだぞ！　ああ、気持ちいい……ううっ！」

そう呻いたかと思うと、主任は私の顔に向かって、思いっきり射精しました。でも、それで済んだわけではなく、すぐにまた彼はムクムクと勃起させ、机の上に私を押し倒し、ぱっくりと開き、濡れそぼったヴァギナにペニスをねじ込んできました。

「あひっ……ああっ！」

「ほらほら、これが欲しかったんだろ？　思う存分腰を振って味わっていいぞ！」

主任はものすごいスピードでピストンを繰り出し、私の胎内を突きえぐり立てました。否定しようのない快感が流れ込んできます。

「ああぁっ、ひあああっ……あん、あんっ……！」

「ううっ……はぁはぁはぁ……くうう！」

「あ、だめ、もう……もうイッちゃいますう……ああっ！」

「ぐう、うぬぅ……うっ！」

一段と腰の律動が激しくなったあと、主任は私の中に二度目の射精をし、私もそれを受けて、あられもなくオーガズムに達してしまっていました。

聞くと、前々から主任は私のことを狙っていたのだといいます。まさに今回は、飛んで火にいる夏の虫というところだったのでしょう。

でも、これを機に私と主任はセフレ関係になり、何かと融通を利かせてもらえるようになりました。

快感エッチと生活補塡までしてもらえて、結果的にはすごくラッキーだったな、と思っている私なんです。

人妻手記
あなたのアソコはそれほど～不倫妻たちの告白

平成29年１０月２日　初版第一刷発行

発行人　後藤明信
発行所　株式会社　竹書房
〒102-0072　東京都千代田区飯田橋2-7-3
電話　03-3264-1576（代表）
03-3234-6301（編集）
ホームページ：http://www.takeshobo.co.jp
印刷所　凸版印刷株式会社
デザイン　株式会社　明昌堂

定価はカバーに表示してあります。
乱丁・落丁の場合は小社までお問い合わせください。
ISBN 978-4-8019-1218-2 C0193
Printed in Japan

※本書に登場する人名・地名等はすべて架空のものです。